JN208003

六歳の王女
ですが、
嫌われ竜騎士に
嫁ぐことに
なりました
～兄姉に虐げられた末っ子が、
過保護に愛でられ幸せになるまで～
百門一新
Illustration 蒼

クラウス
アルジオラ王国の
騎士伯爵。
魔物と日夜戦っている。
ティミア
エゼレイア王国の
末っ子王女。
かわいいものが
大好き！

エドリファス
アルジオラ王国の国王。
暴君だった親を倒し
王になった。
ディー
伯爵家お抱えの情報屋。
いつもどこからともなく
現れる！
CHARACTER

CONTENTS

プロローグ　突然ですが幼女の私、結婚するみたいです　2
第一章　六歳で隣国の騎士伯爵様の妻になりました　9
第二章　手ごわい夫と距離をつめたいと思います　36
第三章　妻としてお役に立ちますっ　84
第四章　いざ夫婦で初めての社交へ！　116
第五章　幼女妻がぶっささるタイプだった件　165
第六章　無能だと言われていた末姫、本領発揮！　214
第七章　幼女妻はがんばります！　244
エピローグ　騎士伯爵様は幼妻に　278
あとがき　312

六歳の王女ですが、嫌われ竜騎士に嫁ぐことになりました

～兄姉に虐げられた末っ子が、過保護に愛でられ幸せになるまで～

百門一新

Illustration 蒼

プロローグ　突然ですが幼女の私、結婚するみたいです

国の王とは、たくさんの『妻』がいるものらしい。

つまりティミアにとって母が複数——五歳なのだから当然、というより、転生者の彼女にはそこはまだなじめないことだった。

（あと一週間で六歳、かぁ）

この世界で、どんなふうに生きていくことになるのか想像がつかないでいる。

ティミアはアデリフェレア正妃の娘にして、末姫だ。

このエゼレイア王国の王である父、カークライド国王はプラチナブロンド。母は見事な金髪であったせいか、ティミアは淡いけれど目立つ金髪をしている。その大きな瞳の色は、妃の中で亡き母だけが持っていたエメラルドだ。

彼女を知る人は、ティミアを見ると『正妃の生き写し』と言った。

そんなことは幻想だ。ティミアの三歳までの記憶に残された母は優しく、それでいてその毅然とした表情からは強さや自信が滲《にじ》み出ているような人だった。

ティミアには、それがない。

とはいえ、母と違って見た目でかなり目立つ部分が一つある。

それは、『ザ・かわいい』を具現化したようなふりふりレース付きのピンクのドレスだ。これは父の指定によるものだ。豪華で上品な王族の側妃たち、兄王子たちや姉王女たちが集まる後宮の中

で、かなり目立つ。

この世界では、幼少期であったとしても、美しい衣服や装飾品を身にまとうのがステータスとなっている。

それなのに、どうして、と貴族たちが疑問を抱くくらいに、ティミアの格好はかなり奇抜なのだ。

物心ついて間もなく前世の記憶を思い出すことになったティミアも、中身は二十代だ。

姫なのにこのふりふりドレスはどうかとも思うのだが——。

（グッジョブ、パパ）

同時に、実のところ心ではガッツポーズしていた。

前世で長子だったティミアは、三番目の弟を産んですぐ亡くなった母の代わりに、父親と一緒になって家計を支えながら三人の弟を育て上げた。

かわいい物が好きだったし、憧れもしたが、そんな余裕はなく——気づいた時には周りから『たくましいお姉ちゃん』、『いじめたら出てきて相手をとっちめてくる姉』なんて言われて、ますますかわいい物を手に取る勇気さえ出なかった。

その点、転生後の現世では、娘をかわいく仕上げたいという、国王のよくわからない愛情表現についてては、趣味と好みがどんぴしゃでティミアは嬉しい。

だが、七人の側妃とその姫たちは、正妃の子だから父が特別目にかけていると感じているようで、そこも彼女たちの悔しさを煽《あお》っている。

正妃がいなくなって約三年、後宮は側妃たちの争いのせいで混沌としている。

この先どうなるのかわからないが、姫として政略結婚をすることになったとしても、この王城で生きていくよりは断然いい、とティミアは思っていた。

いや、この後宮から出たい——それがティミアの望みだ。

「あの娘っ、よくもわたくしをこけにしてっ」

「お義母《かあ》さま、どうか落ち着いてください」

「うるさいっ」

「きゃあっ」

まただ。

聞こえてくる声に、ティミアは耳を塞ぐ。

(仲よく過ごしたいのに)

母親たちがああだから、子供たちまで苦労するのだ。

なんてかわいそうなのだろう。五歳の自分が口にするにはふさわしくないから、ティミアは助言できないけれど。

「ティミアはいる⁉　どこっ」

(ああ、まただわ)

自分の母からプレッシャーをかけられている王子や王女たちには同情するが、嫌な思いをするのかと思うと、ティミアは胃がきりきりと痛む。

(今度はどんなことを理由に嫌みを言われるのかしら?)

うつむくといっそう悲愴感を覚えそうで、屈したくなくてしっかりとした足取りで向かってみる。

そこにいたのは数人の異母兄姉だ。

「はい、何かご用でしょうか？」

「そんなところにいたのか。俺たちは今から〝武器化〟の訓練があるのに、お前ときたらいい身分だよな」

「ただ一人能力がないなんてかわいそうよねぇ」

途端に姉たちも揃《そろ》ってニヤニヤする。

「〝武器化〟の訓練をティミアだけ受けないなんて、そんな姫この後宮始まって以来のことらしいわよ？　また、見学させてあげましょうか」

「道具を磨かせてやる」

「メイドたちが忙しいのですか？」

「口答えするな」

この中で一番年上の王子が途端に叱りつけてくる。

理不尽だとティミアは思った。ただ単に何がなんでも怒鳴りたい気分なんだろうな、とちょっと憐れんでしまう。

「訓練場に入らせてやるんだ。道具は全部お前が綺麗にしろ。使い終わったあとも、もちろんそうするんだ」

「あの、私、入りたいなんて言ってないですし——」

「はぁ？　わたくしたちのような選ばれた上位レベルの〝武器化の力〟の訓練を見られるのよ。本当は見たいくせに」

「お姉さまが見せたがっているだけじゃないのですか……？」

つい、ポロッと口から本音が出た。

「お前っ、末子のぶんざいでバカにするのか！」

本当は見たいのだろうと扇を開いてニヤニヤした王女も含め、異母兄姉たちが顔をカッと赤らめてティミアへの文句を口にして集中攻撃してくる。

末の妹をとことん蔑《ないがし》ろにした、聞くにたえない暴言だ。

(これがしたかったんだろうな)

いつものことだ。ティミアは耳を塞ぎたくなるが、そうするとまた怒鳴られるのはわかっているからできるだけ無心に聞き流すことに努める。

けれど、このまま時間が過ぎるのは問題だ。

側妃たちから言いつけられた雑用がまだ残っていた。考えるだけで疲れがどっと増す。

「バカにしているのはお兄さまとお姉さまのほう――あ」

途端、さらに異母兄姉たちがぎゃんぎゃん怒鳴る。

ティミアは「ごめんなさい」といちおうは伝えつつも、その場から逃げ出した。あのままいても、ただただ彼らの文句だけで終わるだろう。彼らにはとくに用件はなくて、自分たちが母親たちから受けていることをそっくりそのままティミアにしたいだけなのだ。

だからたぶん、彼らは悪くないのだと思う。

たぶん……そう思わないと嫌な気持ちに押し潰されそうだ。信じたいと自分の気持ちを偽っているのかもしれないとは、ティミア自身気づいていた。

前世では、たくましく家計を支えながら、二十代まで生きた成人女性だったから。

現世で兄姉と仲よくなれないのも、寂しい。

側妃間で巻き起こる王子たちの王位継承順位の競い合いや、政略結婚する姫たちの相手の家格の競い合いについては、これからどんどんひどくなってゆくだろうというのも予感していた。

（でも、あと十数年我慢すればいい）

そうしたら、ここから出られる。

父とはうまくやれている。それが何よりの救いだった。

——そう、ティミアは思っていたのだが。


ある日、ティミアは父に呼び出され、来月に迫った生誕祭のことでも相談されるのだろうと踏んでいた。

だが、人がいなくなったことを確認した父の、開口一番の台詞《せりふ》はティミアの予想と大きく違っていた。

「それでだ、ティミア、彼との結婚はどうだ？」

「…………はい？」

よく、わからない。

兄王子と姉王女たちの一部は婚約が決まったが、結婚？

「……私が、けっこん？」

「そうだ」

ティミアの疑問のつぶやきに、父がまたはっきりと口にしてくる。

（パパ、ボケるには早いけどな？）

ティミアは、小首をかしげた拍子に失礼なことを思った。

（私、まだ五歳なんですけど）

父親ではあるが、他国から強国として恐れられているこの大国の王に、ティミアは心の中でツッコミを入れた。

第一章　六歳で隣国の騎士伯爵様の妻になりました

その三時間前——。

日中、側妃たちやその娘たちが社交に励んでいる間、ティミアは家族がいなくなってがらんとした後宮で走り回っていた。

「んっ、しょ！　これが最後のベッドシーツね」

背が届かなくて、背伸びして両手からシーツを下ろす。

「姫様、あとはわたくしたちが」

「いいの。私も手伝わせて」

振り返り、答えた途端に、侍女たちが同情してもらい泣きした。

「姫様にこのようなことをさせるなんてっ、アデリフェレア様も天国でお嘆きになっていることでしょう」

同時に彼女たちが怒っていることもひしひしと伝わってきた。その数は——王女付きにしては少ない、たった三人の侍女だ。

外では大々的にティミアを味方できない後宮警備兵たちも、悔しそうにしている。

（仕方ないの）

後宮では守ってくれる母の存在がないと、かなり厳しい。

それでいて異母兄姉たちが〝武器化の力〟の訓練をしている間、ティミアは何もすることがないのも事実だ。

何も役に立たない。その後ろめたさからティミアも進んで雑用をこなしていた。

――こんなところ逃げ出したい。

本音を言えばそうだが、『姫』なのでできない。

（そんな悟ったことを言って五歳と思われなかったら困るものね）

ティミアは拳を握る。見た目がふりふりレースのかわいい五歳児なのもあって、言葉遣いが大人びていたら余計に浮くだろう。どう言えば侍女たちの気持ちを別方向に変えることができるのか、ティミアは頭をフル回転させる。

「私はだいじょうぶ！」

思いついて子供らしく手を後ろにやり、できるだけ天真爛漫な幼い笑顔に見えるように、にーっこりと笑いかけた。

「お義母さまたち褒めてくれるもの、あまーいアメ玉をくれるわ」

「え？　しかし姫……」

茶会に出かける前にも、ティミアがいびられていたのを見ていた後宮警備兵が何か言おうとした。その口に、ティミアは目にも留まらぬ速さでパンを投げ入れる。

（ふぅ、前世で弟たちに付き合って野球をしていてよかったわ！）

一仕事終えたティミアの後ろで、後宮警備兵の一人が倒れる。

侍女たちは頭の上に疑問符が浮かんだ拍子に怒りの感情も止まったみたいで、ここぞとばかりにティミアは畳み込む。

「動けて楽しいわ。知識も技術も、いつか役に立つと母さまも言っていたもの」

「さすがティミア様ですわ」

「そのご年齢で強くたくましく生きられようと……」

末っ子王女のティミアは、転生者なので知識があった。

そのため『秀才だ』『才女だ』と褒められてはいるが——その立場は強いものではない。

(母さまが亡くなってから、みんなには苦労をかけているわね)

心苦しい思いで侍女たちを見つめた。

ティミアの母、規律を守っていた正妃が亡くなってから、後宮で側妃たちが権力の椅子を求めて日々競っている。

父は、今のところ王妃を決める気配がない。

そうこうしている間に上の王子たちは十代になり、そろそろ王位継承順位が決定される頃なので側妃たちはそちらに余念がない。

その日々のストレスは——後宮でただ一人、亡き正妃の唯一の子であるティミアへと向く。

元々白い目で見られていたが、母を失った途端にそれは顕著になった。

悲しみに暮れる三歳児になんてことしてんのよ、とティミアは思ったものだ。

とはいえ常にそばで守ってくれる人がいない場所で強く生きられたのも、母がいる時代からすでに始まっていた嫌がらせのおかげだ。

(嫌がらせされた際に頭を打ったおかげで前世の記憶がよみがえったけど……何か意味があるのかな?)

理由はわからない。

ティミアには母のような特別な力はなかった。

エゼレイア王国の者だけが持っている〝武器化の力〟。

この世界には魔物がいる。

長い歴史の中、各国はそれぞれに対策を取り、その結果、独自の力が生まれた国も多々ある。国民が特殊な体質を持っていることで知られるティミアたちの国もそうだ。

魔物と戦うにあたって戦力になるのか、戦うために役に立つのか。

それがこの国内での〝価値〟の基準だ。この後宮にいる側妃たちも、それを駆使して成り上がってきた者たちだ。

おかげで女性でも出世のチャンスは転がっている。

この国の者たちは〝武器化の力〟を持ち、誰もが魔物に対抗できる力をわずかながら使えた。その力は魔法とは違い、騎士の武器を強化したり、防衛のための結界を強めたり、主に対象物の機能を上げるものだ。

そして、国内での魔物への対策としては、それが最も有効だ。

そんな〝武器化の力〟だが、ティミアの母は百万本の剣を生み出せる他の誰にもできない技を持っていた。

機能の強化ではなく、武器そのものを〝生み出す〟という力は、異例だった。

国で唯一の『特殊な武器化の力を持った女性』として国王が興味を持ち、そうして出会った彼が見初めて恋をし、即正妃となった。

とはいえ、なかなか子に恵まれず側妃たちが後宮に次々と迎え入れられる。

そしてようやく、最後に王妃が懐妊してティミアが生まれた。

王妃から生まれたのが世継ぎの資格を持つ『王子』でなかったことも、他の側妃たちを付け上がらせる原因となる。

けれど父は、生まれたのが王子でなかったことは気にしなかった。

母を心から愛していたからだ。

(私は両親にとても恵まれたわ)

ティミアは能力検査を受けた際、力の反応は出なかった。

側妃たちは能力を求められて後宮に上がるのだから、子供も当然能力を期待される。それはわずかながらというレベルではなく、かなり強い〝武器化の力〟だ。

それゆえここで力のない者というのは、いっそう異色の存在となる。

「なんの力もない役立たずがいるぞ」

「本当だ」

「ふふっ、嫌ねぇ。とっととふさわしい場に出ていけばいいのに」

まただ。

競い合っている王子王女たちの陰口に、ティミアはつい気が重くなる。

彼らは自分たちが標的にされたくないから、こういう時ばかりは一致団結して、ティミアに矛先を向けるのだ。

(出ていけるものなら行っているわ)

でも〝姫〟という立場が、それを許さなかった。

（父だけでも味方だったのは本当によかったわ。そうじゃなかったら――もっと悲惨だったでしょうね）

前世でも、ティミアには父という味方がいた。

信頼していたからこそ彼女は母の代わりに生まれたばかりの三番目の弟の世話をし、一心にがんばり、三人の弟たちを育て上げることができた。

三番目の弟の自立を見届けたのに、まさか会社で倒れるなんて思ってもいなかった。

（あの頃と違って、今はお金の苦労はなくなったのになぁ）

お金がない生活から一変したが、お金があっても寂しいばかりの人生なのだとティミアは悟りの境地に達する。

「な、なんだよ」

「なんでもありませんわ、お兄さま」

「お、お前に兄と呼ばれる筋合いはないっ」

そんな話をティミアは聞き流して歩く。

仲よくなれないのはわかってる。だから――いっそう寂しいのだ。

自室に戻ると、侍女たちがいないのをまずは確認した。

ティミアに味方する侍女たちはどんどんよそへと出されてしまい、人数が少なくなってからは、つきっきりが難しい状況だ。

ティミアは姉たちと違って婚約に適した年齢には達していないので、後宮管理長がティミアに侍女を回すのはどうしても少なくなる。

「よしっ――武器化！」

手を前に出し、まずは空中にかざして密かに一人唱える。

力がない事実は受け止めている。けれど、この国ではこれが唯一存在を認めてもらえるステータスなだけに『あったりしないかな』なんてたまに期待を抱いたりする。

前世には魔法といったものがなかったので、憧れた。

とはいえ外では大人ぶってつんとしているだけに、少しでも能力の兆しが見えないだろうかと練習している光景なんて見られたくない。

「やっぱり私は力がない。手のひらから光が出るわけでもないし、離れた場所の物が反応するわけがないよね……」

ティミアは「じゃあ」と思い、箒《ほうき》を木剣に見立てて握る。

「武器化！」

唱えるが、握った手からは何も起きない。

〝武器化の力〟は遺伝性だ。

国民なら誰もが微弱ながら持っている。

父も強い。母は物質を生み出すほどの最強の力を持っていた。それならティミアだって武器を強化する程度の初級の力くらいなら使えるのではないか？

それを期待して、隙を見ては自分に可能性を見いだそうと練習している。

「武器化！　――武器化っ」

武器として強化するのに相性がいい対象物があるとは聞く。

ティミアはシェルターを思い描きながら壁や床、鈍器に見立てて花瓶――といろいろと触りながら行っていく。

「はぁっ、はぁー……やっぱりだめ、かぁ」

床にぺたりと座り込んで、熱くなった頬を手の甲で拭う。

こうしているとびっしりと汗をかく。

集中力も必要ながら、体の底から力を練り出すようなイメージも必要になる。

そうするとなんだかドッと疲れてしまうし、だからこそ力がわずかながら体に流れているのではないかと期待をしてしまうのだ。

測定器の針さえ動かしてはくれないながらも一国民として少しは力があるのではないか、と。

「うーん、お姉さまたちもこれで発動の練習をしてたんだけどな……やっぱりだめ、なのかな」

通常、言葉を扱えるようになって間もなく、四、五歳くらいで能力の『発現』が見られる。

六歳になろうとしているのに何もできない――と思って諦《あきら》めのような吐息が口からこぼれてしまった時だった。

「まぁまぁ姫様っ、いかがなさいました？」

乳母も務めた侍女が、足を伸ばして座り込んでいるティミアを見るなり駆け寄った。

「また誰かに嫌がらせをっ？」

「あ、ち、違うの」

これは、と言おうとしても侍女の言葉は止まらない。

武器化の練習をしていたのだと事実を教えたら、余計にむせび泣かれるのではないか。

そう思うと結局、ティミアは彼女を想像力たくましいままに放置し、最後は好きなだけ彼女に抱きしめさせたのだった。


侍女の腕から解放されたあと、国王が呼んでいると言われ、ティミアは迎えに来た騎士に連れられて部屋を出た。

父に会えるとわかってティミアは胸が明るくなる。側妃たちによって仲よくしてくれる侍女も少なくなった今、父が家族として対話してくれる唯一の人でもあった。

騎士に案内されている間、心が浮き立つ。

国王の執務室が開かれるのを、今か今かと待ってしまう。

そして——開かれるなり、執務机に座る大きな男が目に入った途端、微笑みを返されたティミアはドレスを持ち上げ小さな足を走らせていた。

「パパ！」

「ティミアっ、よく来た」

思わず抱きついてしまったティミアを、彼は愛おしそうに抱き上げる。

この国の王、カークライドだ。

一国の王は多忙であり、なかなか会えない人だ。会えると、精神的な二十代の気持ちもかき消えて、『パパだ！』という気持ちで胸がいっぱいになるのだ。

前世でも父を愛していた。

自分がどれだけ『父っ子』になっているのか、ティミアが痛感したことでもある。

「ははは、今日はお前に紹介したい者がいてな」

「ん？」

てっきり父だけかと思ったら、室内に初めて見る隣国の騎士がいる。

彼に見られてティミアの頬が赤らむ。

慌てて父に『下ろして』と手で合図し、床に足が着くと、急いで身なりを整えた。それくらい相手の青年が美しかったせいだ。

（イ、イケメンだわっ）

そこにいた騎士は、防寒具のような厚みのあるしっかりとしたマントも着ていた。髪は珍しいアッシュグレーで、白い肌に切れ長の目、鼻筋が通っている。

全体的に色素が薄いけれど、燃えるような深みのあるルビー色の瞳が印象的でもあった。

「国王の末の姫、ティミア・エゼレイアと申します」

ティミアは彼に対してスカートの左右を持ち上げ、足を少し交差させながら、頭を見事な角度まで下げて立派な挨拶をする。

少し驚いたその騎士に、カークライド国王が「どうだ」と自慢げに笑いかけた。

「まだ五歳なのに、よくできた子であろう」

「――そうですね」

騎士は少し考え、それから何か警戒しているような、あまり前向きではない様子で短く答えた。

そこにティミアは疑問を抱く。

（そもそもどうして彼と私を引き合わせたのかしら？）

人払いをする相手となると、高貴か重要人物かのどちらかだ。名乗ることを相手は父に要請されていないようなので、ティミアはとにかく父の進行を待つことにした。

「それでだ、ティミア、彼との結婚はどうだ？」

「………………はい？」

一瞬、父の言葉が珍しく呑み込めなかった。

精神年齢二十代ではあるのだが、今のティミアは五歳だ。

（婚約のことかな？）

ティミアは思い直す。

兄王子と姉王女たちも、早くても婚約はもう少しあとだった気がするが、ティミアは王妃の子だ。何かしら父に考えがあるのかもしれない。

「大人になったら嫁げということでしょうか？」

（こんな小さな子供を紹介されてきっと驚いたよね。だからイケメン騎士は、不服そうな雰囲気を漂わせて沈黙しているのかな？）

すると父は、あっけらかんとしたにこやかな表情で否定する。

「いいや？　違うよ。彼のところに六歳になったら嫁ぐんだ」

ますますティミアは頭の上に疑問符が浮かんだ。

とりあえず、父の呼び出しの用件はわかった。結婚だ。末姫が他国の人間である彼のもとへと嫁ぐ、と――。

（でも私、誕生日を迎えてもまだ六歳なんだけど？）

相手の彼もかなり困惑していることだろう。

ティミアは、この場の空気のぎこちなさの意味をようやく理解したのだった。


相手の名前も身分も知らされないまま顔合わせは終了となった。

国王の命令だということなら従うしかないし、別に今すぐ詳細が欲しいわけではない。とはいえ先に騎士が退出し、ティミアは父と話す機会ができた。

「ええと、どういうことか聞いてもいい？　パパ」

ひとまず、結婚という単語が呑み込めなくて確認した。

「彼は隣国のアルジオラ王国の者でね。国内で嫁いでくれそうなめぼしい貴族女性がいないとのことで、エドリファス国王が探していたそうなんだ」

「はぁ、アルジオラ王国の王ですね」

ここ数年訪れた覚えはないので、どんな王なのか頭には入っていない。

ひとまず父は国交でその隣国のエドリファス国王と話す機会があったのだろう。それでいい縁だと思ってティミアに決めたのか。

アルジオラ王国とは目立って国交が深いわけではない。

だから、ティミアを嫁がせるのか。

（でも、なんで私なの？）

「お前なら立派にやれるだろう」

疑問を訴えかけるように見つめた矢先、父が微笑みと共にそう締めくくって、ティミアは絶望した気持ちに襲われる。

父は、本気だ。本当にティミアを隣国へ行かせる気でいるのだ。

（そんな、どうして）

ティミアの中の五歳の心が、騒いでいる。

「お前に守りたい者たちができると私は嬉しいよ」

「……パパ」

思わず、二人きりの時に許された呼び名を口にした。父は国王ではなく、一人の父親としての優しい目をする。

そこには深い愛が感じられた。今までと変わらない、父の愛だ。

（それなのに、どうしてまだ幼い私に結婚命令を？）

胸が、ぎゅっと痛くなる。

「大丈夫。そうすれば、お前はなんだってできるから」

それは今だって後宮でやれていることを言っているのだろうか。

（それとも、守れないから私を追い出すの？）

けれど〝王〟の決定だ。父を困らせることはティミアも望んでいない。

姫として彼の役に立てるなら、結婚だけは従おうと心に決めていた。王子と王女の中でただ一人だけ〝武器化の力〟がないから。

「……はい」

だからそう、ティミアは答えた。

そのあと父は、結婚相手の情報が書かれた資料を渡してきた。

そこには『騎士伯爵』という二つ目の見慣れない隣国の肩書もあった。そうしてティミアは初めて、結婚する彼の名前がクラウス・ガヴィウス伯爵であることを知った。


間もなくティミアは、六歳の誕生日を迎えた。

開かれた生誕祭で同時に、隣国の大国であるアルジオラ王国、ガヴィウス伯爵との婚姻成立が皆に伝えられた。

アルジオラ王国で、唯一の騎士伯爵の称号を持つガヴィウス家。当主のクラウスは、二十歳だ。

ティミアが再び彼と顔を合わせるのは結婚後だ。

生誕祭で、一度だけしか顔を見ていない夫との結婚を祝われた。続いて婚姻の書面を父が臣下たちに見せ、このエゼレイア王国と嫁ぎ先のアルジオラ王国の王家からの結婚祝いも兼ね、新郎新婦に贈られるという魔法でサイズが変化する結婚指輪を与えられた。

もちろんティミアにそれをはめてくれたのは、夫の代わりに父だ。

成人を迎えたら、アルジオラ王国で改めて結婚式を挙げ、夫に用意してもらった結婚指輪に変えるといいと言われた。

ティミアにはもちろん実感もなかった。

まだ、六歳だ。女性が結婚可能になる十年後のことなんて、どうなっているのかさえも想像はつかないまま――。

そうしてティミアは今、クラウス・ガヴィウスのもとに行くべく、馬車に揺られていた。

「ふぅ、意味がわからないわね」

何度目かわからない疑問を口にし、車窓に頬杖をつく。

安全運転なのはありがたいが、道のりが長いのは退屈だ。

魔物が出現する場所をできるだけ避けてくれているのはわかるので、何も言えない。

魔物に襲われてもほぼ討伐できるだけの〝武器化の力〟を持つ護衛が周辺に配備されているが、隣国まで世話係として同行する侍女たちを危険な目には遭わせられない。

（たぶん、お義母さまたちはそうなってくれることを望んでいるのでしょうけれど）

とはいえ、末姫であるティミアの輿入《こしい》れが無事にいかないと、代わりに自分たちの娘が、たかが伯爵家ごときに嫁がされることになると警戒してもいる。

〝ガヴィウス家〟なんて、後宮にいる誰もが頭にない貴族名だった。

国王から婚姻が伝えられた際の、祝い事を告げる側妃たちの笑みは勝ち誇っていた。

出立日の朝、わざわざ七割ほどの姉の王女たちが揃って部屋を訪ねてきた。理由は、王城を出て一人隣国へ嫁ぐ幼い末の妹に対して最後の嫌みを言うためだ。

『王家にとって重要視されてもいない貴族に嫁がされるなんて、かわいそうね』

『ティミア自体、お父様に何も重要視されていないのがわかるわね。六歳なのに早々に出したがってるって、お母様も笑っていたわ』

『ふふっ、そんなこと言ってはティミアがかわいそうよ。バカな彼女も不用品扱いされているのは実感しているはずよ。結婚以外役にも立たないし。元気でね』

その嫌みな物言いに、ティミアの侍女が怒っていた。

彼女たちはただ優越感に浸りたいだけなのだ。口から出まかせも多いし、だから相手にしないのが得策だ。

だけどティミアは、さすがに気分が少し滅入ってしまった。

(疑問なのよね、王女を嫁がせることに国の利益も何もない結婚だったから……私にこの国の人間が持っているはずの〝武器化の力〟がないから、王城の誰も国外に出すことに対して何も言わなかったけど)

王家が、まったく重要視もしていなかった隣国の伯爵家。

そこにどうして父は、ティミアの縁談をまとめたのか。

母がいなくなってしまった王城から望み通り出られたのはいい。〝武器化の力〟もない姫だと言われ続けることを考えると、外国だったのも幸いだ。

「けど……寂しいよ」

ティミアはぎゅっと膝を抱える。

まだ六歳だ。父に嫁に出されたのがショックだった。急な絶縁宣言のようなものだ。

父が大好きだった。

苦しくても、もう少し王城にいたいと思うほどに——。

(この先、どうなっていくんだろ)

しかも外国だ。年配の侍女たちに無理をさせられないという気持ちで、ティミアは父に提案された通り、誰も連れていかないことを決めていた。

ティミアは幼いので、送り届けるまでは侍女たちがついて世話を焼く。

（着いたら、お別れしなくちゃ）

心細い、寂しい。

楽しく暮らせるようになるのが夢だが、その夢が叶えられる場所なのかどうかも、到着してみなければわからないのだ。

長い時間をかけて、隣国のアルジオラ王国へと入った。

ガヴィウス伯爵家は国境から馬車で一週間かけて進んだ先、ロードライン領という山々も有した広大な領地を持っている。

意外にも彼の邸宅は領地を入ってすぐの場所に位置していた。

「はぁーっ、吐息が白くなりそうだわ」

到着し、馬車から降りたティミアに侍女が厚地の上着を着せてくれる。

エゼレイア王国では夏に向けての長い春の盛りだった。そんな暖かく過ごしやすい気候が国の端まで続いていたというのに、そこは秋のように肌寒くて驚いた。

この国のこの領地では、冬か秋しか季節がないのだという。

魔物の巣窟になっている地域もそういう場所が多い。それで義母たちも、父に反対せず笑顔で見送ったのだろう。

人の不幸を喜べるなんて、信じられない人たちだ。

けれど、ティミアはそんな後宮の空気に染まるつもりはない。

父が愛してくれた。そして母もだ。天国にいった母に恥じない子でいようと決めていた。

（私は母が教えてくれたように、幸せになるために上を向いて歩み続けていくの）

父が『お前に守りたい者たちができると私は嬉しいよ』と言ったのは、ティミアのためを思ってのことなのかもしれないし――。

そう思うことにした。力もない娘だからと、父が王として追い出したわけではないと信じたい。

「屋敷……というか、城なのよね」

ティミアは目の前にあるガヴィウス伯爵邸を見上げた。

まったくもって予想外だった。

クラウス・ガヴィウスが十六歳で継いだというガヴィウス家は、まるで城のような立派な屋敷だったのだ。

そこには侍女たちも驚きを隠せないでいた。けれど直後には、暮らす場所がしっかりしていることに安心してくれていた。それがティミアには救いだった。

これで、彼女たちとはお別れだから。

「姫様、きっと幸せになってくださいまし」

「ええ、そうするわ」

そんな温かな言葉を受けている時間も長くはなかった。もっと話していたいのに、間もなく彼女たちが下がる。

なんだろうと思って目を戻してみると、一列に並んでティミアを迎え出た騎士たちが機敏な動きで左右に割れて、そこを先日見た騎士が進んできた。

（彼、騎士ではなく伯爵さまだったのね）

今さらのような感想を抱く。

それは彼が、騎士伯爵という変わった称号持ちであることも理由なのだろう。

迎えに出てくれたクラウスは、軍服にマントを着込んでいた。手には黒い手袋だ。

相変わらずの珍しいアッシュグレーの髪。その赤い瞳は印象深い燃えるような赤だったはずなのに、読めないほど冷えているようにティミアには感じられた。

「そちらの国はドラゴンもいない。馬車だと長旅だっただろう。どうぞ休まれるといい」

突っぱねるような硬い口調にティミアは感じた。クラウスは二十歳なのに、たかが六歳の子供と婚姻させられたことを彼女なりに気にかけているせいかもしれない。

（出会った時の印象と同じく、堅実そうというか、すごく真面目そうな感じもあるし……）

「あの……私に敬語はいらないです、ガヴィウス伯爵さま」

ひとまずそう返し、ティミアはスカートの左右を持ち上げて挨拶する。

「あなたの妻となりましたエゼレイア王国の国王の末娘、ティミアです。一度お会いした時には驚いてしまい、ご挨拶もできず申し訳ございませんでした。ティミアとお呼びください」

立っていた騎士たちも少し驚いていた。

「んんっ、それでは俺のこともクラウス、と」

なんともぎこちないやり取りだ。

クラウスはティミアとの会話が続けられないことをはぐらかすみたいに、自分の後ろにいる騎士たちについて伯爵家が持つ部隊だと紹介した。魔物が多いこの地方を守ることが、王より課せられた貴族の義務の一つなのだとか。

「今は秋口だから、一年のうちで一番暖かい季節だ。この国ではこれ以上暖かくなることはない。魔物との戦いで暖かさを失っているから」

「えっ」

「春や夏を取り戻すことを諦めてこの土地から撤退している騎士家系の一族も多いが、俺の代でそれをすることはない。魔物への対応が多いため日々部隊のほうでの仕事にも追われる。これから討伐の予定が入っているため、あとの案内は信頼がおける当家の執事に任せる予定だが、それでかまわないか？」

「は、はい、かまいません……」

クラウスは一礼をすると、騎士たちの大半を連れていってしまう。

ティミアは、子供から飛び出す質問の数々を彼が避けたように感じた。

（これは……ちょっと強敵になりそうな予感）

これから一緒に暮らすのなら仲よくなりたいと思う。

彼にとっては不服な結婚かもしれないが、ティミアは後宮みたいなひどい暮らしから脱出するためにもここに来たのだ。

とはいえ、ここが元々季節が欠けている土地ではなかったことに驚いて、ティミアはうなずいただけで、彼との会話をそれ以上はずませることはできなかった。

それほど、魔物に侵攻され荒らされているのだろう。

(肌寒い日がほとんどだなんていろいろと厳しいはずだわ、魔物も多いだろうし……それなのに彼はこの領地を見ているの？　二十歳で？)

婚姻成立を伝えられた際、父から渡された書面で彼の年齢を知って驚いた。

不思議に思ったものの、残った騎士たちからクラウスの配慮だといって道中に入り用の消耗品を受け取り、エゼレイア王国の侍女たちが国に戻るべく発っていくのを見送る。

そうして、クラウスの家の使用人たちに連れられて屋敷の中へと入った。


「こちらでは少々寒い服でしょう。着替えましょうか」

それはありがたい。

(屋敷の人たちも六歳児が来てさぞ困惑していることだろうなと思ったけど、子供相手で少し緊張はゆるんでいるみたい)

姫だからといって、対応が難しいと思われてしまうよりいい。

(まずは彼らとの距離を詰めていこうかしら？)

そんなことを考えている間にも衣装部屋に到着した。だが、どれもティミアにはサイズがやや大きかった。

「思ったよりも大きかったようです。裾をお直しいたしますわ」

メイドたちは準備不足を詫びた。

この国の六歳児はもっと身長があるのだろう。そう察したティミアは、大慌てで気にしていないことを告げた。そうしたらメイドたちが感激する。

「こんなにお小さいのになんて心優しい……っ」

「そのうえかわいいだなんて！」

「誠心誠意仕えさせていただきますっ」

採寸の支度に入ったメイドたちの話し声を聞いて、ティミアは口元がひくっとした。

（大歓迎なのは予想外の嬉しさだけど……私、そんなに小さいの？）

彼女たちが外見で警戒心をなくしてしまうくらい自分は小さいのか気になって、思わずドレスを見下ろす。

そういえばそうかもしれないという気がしてきた。

後宮で生きるのに必死で、こんなふうに自分を客観的に見る余裕はなかったみたいだ。前世でこの年齢だった時より幼い……感じがする。

（一部のお姉さまたちは私を目の前にすると、意地悪するのはちょっと躊躇《ちゅうちょ》していたっけ……）

一人っ子なのはティミアだけで、側妃たちは皆、男児を含めて複数人の子を産んでいた。

姉王女たちは自分に妹や弟がいるから気が引けていたのかもしれない。

ティミアの出立日当日、最後の嫌がらせをしに来なかった王女たちも確かにいた。そんな彼女たちとは対話の余地があったのではないかな、と思う。彼女たちの母である側妃たちの邪魔がなければ――。

けれどもう、ティミアには関係がない場所だ。

ここは隣国。遠い自国の後宮の人たちをどうこうすることはできない。

（さて、ここが今日から私の家よ）

気を取り直して、自分の置かれている立場に意識を向ける。

屋敷内の人たちの雰囲気はいい。

クラウスもティミアのことは悪く言っていなかったようで、メイドたちの反応も初めから友好的だ。

あんな子供と結婚させられるなんてと彼が不満を吐き出していたとしたら、ティミアを甘やかすような雰囲気はなかっただろう。

（そこも少し意外だったけど）

迎えてくれた彼の様子からしても、嫌、というよりは戸惑いを感じた。

これから彼と暮らしていくので、うまく関係が築けるといいなとティミアは思う。

（うん。私も、戸惑ってはいるんだけどね）

ひっそりと心の中で泣いた。どうして父は六歳の子供を結婚させたのだろう。

いくつかドレスを試着して裾を直すことになり、おかげで時間がかかった。

用意されていたドレスはかなりの数だった。そこにティミアはおののいたのだが、メイドたちは脅かさないよう慌てて説明した。

これはこのアルジオラ王国の王が配慮し、結婚祝いに贈ってくれたものが大半なのだ――と。

「エドリファス国王陛下が？」

どうして国王が、とティミアは疑問を覚えた。

すると一番若いネリィというメイドが答えてくれた。

「旦那様はご兄弟もいらっしゃらなかったため、子供服がよくわからないと口にしていましたし。国王陛下にご相談されたのではないでしょうか?」

ティミアは王族だが、国王が臣下の結婚にそこまで心を砕くのは覚えがない。

(彼、国王にそんな相談をする仲なの?)

他国の王族関係も頭に入れているが、アルジオラ国王の側近にガヴィウス家は含まれていなかったため、ティミアは首をひねった。

メイドたちが直してくれたドレスに着替えている間に、夫との初めての夕食時間がきてしまった。

「ぴゃっ」

ダイニングルームへ移動するため、部屋の外に出て初めて、ティミアは夕暮れになっていることに気づいた。

その際、思わず変な声が出て立ち止まってしまった。

(……く、暗いわ)

屋敷内の広い廊下は、色合いが明るかった後宮とは違い、重く暗い色のレンガの壁が陰気でおどろおどろしい雰囲気を醸している。使用人が壁のランプに明かりを灯しながら、ティミアの少し先を進んでいく。

「姫様?」

背に腹は替えられない。

ティミアは恐怖に手が伸び、近くのメイドのエプロンドレスを握った。

「いかがされましたか?」

「あ、あの手を……つないでもらってもよろしいでしょうか?」

迷惑なお願いとわかっていても、こらえきれなかった。

その様子に気づいた使用人が振り返り、ティミアを見る。案内しようと待っていた騎士たちも目を丸くした。

恥ずかしすぎてたまらないが、ティミアには死活問題だ。

(私、ホラーだけは、無理っ)

初めての屋敷だ。

慣れていないせいで、夜になろうとしている薄暗さはティミアの心臓を縮こまらせる。

「……か」

「か?」

ふと、メイドたちが身を寄せ合った光景に、ティミアはきょとんとする。

「かわいいー!」

「何このかわいい生き物っ」

「落ち着いてください皆様!」

騎士たちが何やら控えめな声で止めようとしているが、メイドたちは誰がティミアの手を引くかと、役目の取り合いを始めていた。

(…………い、いい人たち~!)

ティミアは感激した。

国柄なのだろうか。それとも寒い気候の中で互いに助け合って暮らしていこうとする、土地柄の気質なのだろうか。

（この調子でクラウスさまとも仲よくなれるのではないかしら？）

どちらにせよ彼女たちの様子はティミアに希望を抱かせた。

（自分で言うのも変だけど、いちおう夫婦！　私は妻で、彼は夫！　一緒に暮らすのなら仲がいいほうがいいわ）

後宮みたいになるのは嫌だ。

（自分が生きる場所は、自分でよくするべきよね）

六歳のティミアには妻の役目なんてできないしどうしたらいいかわからなかったが、まずはクラウスと仲よくなることに決めた。

メイドたちは左右からティミアと手をつないで、階段も一緒に下りてくれた。

姉たちから一度もそんなふうにされたことがなかったから、ティミアは前世で弟たちに感じていた温もりを覚えて、うっかり涙が出た。

「ありがとうございます」

なぜか、メイドたちが寂しい思いをさせないし全力で支えると言って身もだえしてしまい、途中から階下まで騎士が手を引いてくれることになった。

ティミアは騎士の後ろについてクラウスがいるダイニングルームへと足を進めながら、まずは夫との夕食の時間を楽しいものにしようと意気込んでいた。

第二章　手ごわい夫と距離をつめたいと思います

「はぁ、はぁーっ……今日も負けたわ」

飛んでいくドラゴンたちの影を見て、ティミアはがっくりとする。

仲よくすることから始めようと思い立ったのだが、なかなかクラウスがつかまらない。

彼はいつも忙しく動き回っているらしい。

それはこの三日間で、ティミアもよーくわかった。

この屋敷に来た日、夕食は一緒に取れるのかと思っていたのだが、クラウスはティミアを食卓で迎えるなり立ち上がった。

『仕事が残っているので』

ティミアはぽかんと口を開けた。

食事の時間をずらしてもよかったのにと口にしたら、クラウスに子供の時間をずらすわけにはいかないと言われて、確かにそうだと他に言葉なんて出なかった。

早朝に魔物の活動を確認しに行くため、クラウスは朝も早い。

昼は部隊を率いて領地を巡回しながら軽食で済ませ、帰りは遅い。

なのでチャンスは朝か、日中に一時帰宅する仕事の合間。しかし、書斎で仕事をしていると聞いてティミアが向かっても、書類仕事を終えたクラウスは屋敷の管理のため、執事を連れてすでに移動したあとで、幼女の足では追いつかない。

体の小さい幼女を心配しているのか、サポートしている使用人たちも、ティミアの努力を知っているので涙ぐむ。

「仕方ありませんわ、旦那様はお忙しいですもの」

「決して奥様を嫌っているわけではございませんからね……？」

次第にそう思えてきてしまうくらい、ここ三日の敗北にティミアは心が折れそうではあった。

とはいえ執事を含め、屋敷の者たちが口を揃えて仕事だと言う、クラウスが多忙にしている理由も察してはいる。

「旦那様はご両親が急逝してしまってからは、屋敷内で腰を落ち着けて食事をしたり休んだりする暇がなく……そうしていつの間にかそれが習慣化されてしまったのです」

メイドたちがまた申し訳なさそうに口にする。

（それは、確かにつらいかもね）

なんとも寂しい経緯だとティミアも同情していた。

こんなに大きな屋敷だ。魔物駆除に加えて屋敷の管理、さらに貴族として内政もするとなるとかなり大変だろう。

そう思ってティミアも、六歳の体でもできるだけ支えられるよう何かないかと〝奥様仕事〟を探して、毎日屋敷の中や敷地内を走り回っているところだ。

ティミアの祖国のエゼレイアでは名前も知られていない〝騎士伯爵〟のクラウスだが、実のところこのアルジオラ王国では、エゼレイア王国の爵位も持っていることで有名な騎士家系だという。

聞けば昔、国境の魔物の討伐の件で、エゼレイア王国軍が彼の一族に世話になったとか。

その縁があってガヴィウス家は過去に何度か、エゼレイア国の王侯貴族から花嫁や花婿をもらっていた。

定期的に縁談がまとめられていることを考えると、今回も攻略的なものだろうと屋敷の者たちは思っているらしい。

ティミアは彼らと交流を持つようになって、それがわかった。

「旦那様はなかなかご縁がなく、私も心配に思っていたところです。旦那様が最後のガヴィウス家の人間ですからな」

庭師の一人が、今となっては肩から荷が下りたことだが……と、世間話のように口にした。

「まぁ、寒い地域ならではの苦労もありますからのぉ」

「しかしここまで花嫁探しに苦労しているのもウチくらいじゃろうて」

管理仕事の一つで、庭仕事にかかる時間や労力について情報収集をしていたティミアはその会話が気になった。

（花嫁候補がまったくいないのもおかしいわよね）

秋と冬しか季節がないというガヴィウス伯爵家の領地は、広大だ。

金に困ってはおらず、貯蓄資産などの財産もかなり有している。

するとメイドたちが庭師たちを叱った。

「そんなことは奥様の前でお話しになることではないかと」

「まだ嫁いでこられたばかりですよ」

「こ、これは申し訳ねぇ」

「いえ、私は大丈夫です。あの、花嫁探しに苦労されていたのって、どうして――」

ティミアが尋ねようとすると、メイドたちに庭師から引き離された。

慣れたように後ろから両腕で抱っこされてしまって、ティミアは宙ぶらりんになる。

「奥様はまだ六歳ですから、ゆっくり詰めていきましょうね？」

「……はい」

足がつかない光景をすっかり見慣れてしまったのは嫌だな、とティミアは思った。こう見えても中身は二十代だ。

そんな中、メイドたちだけでなく、庭師たちも何かに焦っているように感じられた。

けれど友好関係を築きだしている人たちに、何を焦っているのかなんて、確認できるはずもない。

ただの勘違いかもしれないのに。

（クラウスさま、嫌われていたりするのかしら）

でも何が、どうして、と理由はまるで推測できなかった。

この国には〝武器化の力〟みたいな特殊なものはないから、ティミアみたいに差別を受けて蔑ろにされる要素は思いつかない。

人間に友好的な魔物がいて、彼らと共に敵対する魔物と戦っている。

そう使用人たちから教えられた時は、驚いたものだ。

戦闘だけでなく一般的な移動もドラゴンが使われていて、クラウスが持つ部隊にもこの土地に暮らすたくさんの種類のドラゴンが所属しているという。

エゼレイア王国が〝武器化の力〟を持った人間を国外に出さないのは、有名な話だ。

だからこの国のみんなはティミアに特殊能力は期待していない。そもそも特殊能力による優遇意識がない初めての環境は、ティミアには心地よかった。

いつまでこの結婚生活が続くかはわからないけれど。

(縁談をまとめたのはこの国の王よね？　いつか会うことになるのかしら。茶会デビューもまだの年齢だけれど私は王族だし、謁見参加の経験もあるし――ううん、今はその前に、仲よくなっていないとっ)

メイドに運ばれながらティミアは拳を掲げる。

屋敷へと入っていくティミアたちを見送る騎士たちが「あ、また抱っこされてる」「小さいなぁ」なんて言っていた。

それに気づき、ティミアは手を振る。

「昨日もありがとう」

「いえいえ、隊長、いえ旦那様のお話でしたらいくらでも」

忙しいので話ができない彼の代わりに、と思っているのか騎士たちは協力的だ。

この屋敷の警備は部隊の者たちが行っているので、話が聞けるのはありがたいなとティミアも思っていた。

「部隊から戻ってきた人はいる？　また、お話を聞かせてもらってもいい？」

「わかりました。ちょうどテラーという男がドラゴンの世話をしているところです、終わり次第向かわせます」

「お願いね」

ティミアがぶんぶん手を振ると、関係がない向こうの騎士たちまで手を振り返してきた。

「また調査ですか？」

屋敷内でティミアを下ろしたメイドが、不思議そうに聞く。

「うん。でも今日で終わる予定よ。もうだいたいわかってきたから」

六歳なので屋敷に慣れてから、と仕事を与えられずやきもきしていたので、クラウスについて情報収集もしていた。

すると間もなく、休んでいたティミアのもとへテラーという騎士が寄越された。

「――以上が、本日見かけた隊長の昼食になります」

聞き届けた内容に、ティミアは肩が落ちる。

「そう……ありがとう、テラー」

「他の者にも食事関係の情報を集めるよう言っていますが、もっと必要ですか？」

「ううん。もういいわ」

力なく笑うと、テラーが心配そうにする。

恐らく、どちらのことも心配なのだろう。

ティミアも一緒に食事していないことは気になっていたが、三日で見えてきたクラウスの食事事情には、前世では彼より年上だったこともあって心配になる。

ひとまずテラーを帰し、ティミアはクッションを置いた執務椅子に座り、ノートに書き込む。

子供の手では書きづらいのが難点だが、誰に見せるわけでもないので楽をして早く、簡単に、絵日記みたいに書く。

「保存食……昨日はパン一枚、その前がカップ一杯のスープを流し込んで午後の見回り……少なすぎるわ」

朝は早いので、執事のモルドンが寝室に食事を運び、支度しながらざっととっているらしいとはいえ、報告によると彼はすべて食べずに残している。

（会話して欲しいけど、食事問題の解決が先よね。食べなきゃだめよ）

てっきり外食か、部隊の建物で食べているのかと思ったら、クラウスはそれもなくてティミアは唖然とした。

警戒心が解けたのか、クラウスの帰りに同行していた若い騎士たちから密告があった。それがなかったら、気づくのも遅れただろう。

そばで騎士たちの話を聞いていたモルドンも、『まだ改善されていないのか』と呻《うめ》いていた。

（まだ、ということは気づき次第よく言い聞かせてはいたのね）

けれど効果はない、と。

敷地内の訓練施設にいる時くらい、戻ってきてダイニングルームで休みながら食事をすればいいのにと、ティミアは思う。

できれば夜も、もちろん朝だってしっかり食べて欲しい。

（ごはんを食べることは大事よ、食べて、笑って、元気が出て……『また明日がんばろう』と思えたもの）

前世、家計的に苦しくても笑っていた。弟たちも無事に就職したが、当時のことを不幸だと嘆いたりする家族は誰もいなかった。

食事は人を笑顔にするのだとティミアも知った。

当時、亡くなった母の代わりにキッチンに立ったのは、ティミアだったから。

（あ、そうだ。料理は？）

ふっと思いつく。

姫だった時にはさすがに身分的な体裁もあって、側妃たちも姉たちもティミアを厨房には入れなかったが、料理はティミアが得意な家事の一つだ。

幸いにしてこの世界には、前世で使っていた調味料に近いものがたくさんある。

「出される料理がおいしいと認識できたら、自宅でごはんを食べる習慣もつくはず！」

とにかく、食習慣を正常にとティミアは思った。

彼も両親が生きていた頃はそうだったはずだし、習慣化できれば食事をとれるようになって部下や使用人たちの心配もなくなる。

そしてティミアも、仲よくなる会話のチャンスだって増えるだろう。

「旦那様の食事事情を改善されるおつもりですか？」

部屋の外に出てメイドをつかまえたティミアは、厨房に行きたいと告げた際に、まさかと察したメイドに驚かれた。

「そうよ。そのために何人かに情報収集とかお願いしていたの。妻として夫にごはんを食べてもらいたいもの」

「奥様っ」

メイドは、全面的に協力すると何やら強く約束してきた。

ティミアはメイドを連れて厨房を訪ねた。

コックによると、これまで出していたのは大人向けの貴族料理だそうだ。

ティミアはここ数日おいしくいただいているのだが、クラウスはその美しい盛り付けさえ見飽きて、興味が引かれないのだろうか？

前世で弟たちが笑顔になっていた料理を思い返す。

そう凝ったものではなかったが、長男と次男は『母さんのやつだ』と言って嬉しそうにしていた。

「とすると……やっぱり『母の手料理』かしらね」

ティミアはピンとひらめき、真剣な表情で口にした。

◆◆◆

クラウスはドラゴンに乗って領地内を見回っていた。

そろそろ引き返すべくディザレイヤを目指しているところだ。

そこは飛行移動のためのドラゴンたちをじゅうぶんに着陸させられる広さが取られた部隊専用の土地だ。

部隊の建物があり、山から下りてくる魔物たちの防衛線でもある。

「それで、奥様とは仲よくされていますか？　確か国王陛下からの縁談なんですよね」

「うっ」

騎士のアルセーノが言った。

いつか部下からこの手の話題が飛んでくることは予期していたが、クラウスは手綱を握ったドラゴンの上で、悩む。

『国交にもまたとない良縁だ、行け』

エドリファス国王に呼び出されたかと思ったら、隣国の王が相手を紹介してくれるとのことで渋々《しぶしぶ》向かった。

（あの陛下の命令を断ると、あとが怖いからな……）

妻を娶《めと》る予定はしばらくなかった。他の貴族たちも見向きもしなかったし、春と夏さえも失った土地に嫁に出しても利はないとたいていの家は考える。

クラウスには両親から急きょ継ぐことになった伯爵家のことや、領地の魔物討伐のことなど問題が山積みだった。

まだ落ち着いていないのに、結婚なんて考えられるはずもない。

領主としても数年の経歴、たかが二十歳の若輩者だと見られている。

これからしばらく放っておいてくれるだろうと踏んで、領地のことに集中していたのだが、まさか王が縁談を引っ張ってくるとは想定外だった。

国王はクラウスの幼なじみなのだ。まさか結婚を勧めるどころか王命が下されるとは思ってもみなかったことだ。

――あの日、クラウスは命令を受け、ひとまずエゼレイア王国へ向けてドラゴンで飛んだ。

『よく来てくれた、ガヴィウス伯爵』

カークライド国王は変わらず温かくクラウスを迎えてくれる。

あまり知られてはいないが、彼はクラウスの父と友人関係だったそうだ。それゆえ、クラウスが爵位を継承してから、一度カークライド国王を訪ねており、すでに面識はあった。

ただ、秘密に、というのが二人の間の取り決めだったとか。

『君がエドリファス陛下と仲がいいのを一部の者しか知らないように、私とのことも、今はまだ黙ったままでいるように』

初めて会った時のカークライド国王のその言葉の意味については、まだわからない。

もしもの時のための〝切り札〟というのが頭に浮かんだ。

けれどクラウスに、何ができる？

そんな思いが湧き上がり、途端に考えるのをやめた。

『君にとってもいい話があってな』

『私にとって、ですか……？』

『ああそれはこっちの話だったな。エドリファス国王から聞いていると思うが、我が王家から花嫁を与えたい』

王家、と聞いて驚いた。しかし、カークライド国王がそう言ったのち、引き合わせたのは——五歳の女の子だったのだ。

ティミア・エゼレイア。エゼレイア王国の王家の正統な血筋である末の王女。不思議と温かいと感じさせる淡い金色の髪、それがよく似合うエメラルドの瞳をしていた。

——だが、五歳だ。

正直それは想定外で、クラウスはカークライド国王が娘を抱き上げた光景を前に反応できず固まってしまった。

両国王から何を期待されているのか、まったくわからない。

結婚相手になるらしい末姫の姿を見たのち、動揺のあまり名乗ることも忘れてエゼレイア王国から戻ると、クラウスは報告のためひとまず登城した。話を聞いた自国のエドリファス国王は大笑いしていたが、笑い事ではない。

カークライド国王からは『六歳になったら』と言われたが、そもそも六歳で妻に、なんてあるだろうか。

同じく屋敷の者たちも『どういうことです……？』とわけがわからなそうだったが、それはクラウスの心境だった。

とはいえ嫁いできた時、彼らは揃ってティミアをかわいいと大絶賛し歓迎した。

姿絵よりも愛らしいと騒いでいたが、クラウスはいまいちよくわからない。

当初彼女が着ていたのは、驚くほどフリルたっぷりのドレスだった。

そのドレスがよく似合うとメイドたちは言い、そういう衣服を着せたいのですがよろしいでしょうかと食い気味に確認されたものだ。

後日、ティミアはどんな服でも着こなしてしまうとモルドンに報告され、クラウスは戸惑った。

ティミアの私室もかわいいものにするとメイドたちは意気込んでいるが、王女は六歳。どう考えても彼女が妻に、なんておかしい。

とはいえ、亡き両親たちにもよくしてくれた使用人たちだ。

王命で結婚したのは彼女も同じだった。一人で隣国に来ることになった六歳の女の子相手に同情心もあり、彼は、望むことはさせてあげるといいとモルドンに許可を与えた——。

「俺に、嫁……」

これまでを思い返し、クラウスはドラゴンの上で困惑する。

既婚者になった実感なんてあるはずがない。相手は、六歳の子供だ。

どう接していいのかわからず、この状況だと仕事に逃げていると非難されてもぐうの音も出ないだろう。

「……そもそも俺は小さい子供と接したことがないんだぞ」

兄弟はいなかった。

魔物の討伐を責務として負っている一族の者として、この地で剣の訓練に明け暮れ、魔物と戦う日々だったから幼少の子供の相手をする機会もない。

するとクラウスの苦しいつぶやきが聞こえた部下が、ちょっと心配そうに見てきた。

「王命ですので大変かとは存じますが、あと数年待てば、年頃の令嬢と変わらなくなりますから」

「だからがんばってください」

「何か協力できることがあれば我々も助力します」

応援されているのを後方から見守っている部下たちからも感じた。

——たった一人残されたガヴィウス伯爵家の血筋。

クラウスで絶えてしまったら、この広大な地は討伐を撤退する予定になっていた。

ガヴィウス伯爵家が持つ部隊はかなりの精鋭戦力だ。それゆえ国王も引き込みたかったのか、何代か前にも、すでに春と夏の気候を失ってしまった地からこの王都に移ってきたらどうだと、国王から提案を受けたことがあったらしい。

『もし、後継者が絶えてしまった時には』

一族の者たちは、そう当時の王に答えたとか。

一族はここに暮らす民を愛していた。

今、血筋を引いているのはクラウスだけだ。誰もが今回の結婚を『王家からの最初で最後の配慮だ』と感じているらしい。

クラウスもそんな感覚に襲われだしている。

一族を存続させたいのであれば、まずは六歳のティミアとの結婚生活をうまくいかせなさい、と。

クラウスが騎士伯爵としての活動ができなくなってしまったら、騎士たちも魔物と戦える貴重な現役戦力として王のもとに招集される。そうしたら領民たちは、この地を諦めて別の領地へ引っ越さなければならないだろう。

(そんなことはさせない)

クラウスは自然と手を固く握った。

すると、アルセーノが口を開く。

「夫として、というよりは、共に暮らす者として彼女にしてあげられることを考えればいいのではないでしょうか。そうすると対応の仕方も感覚的に掴《つか》めてくるかと」

「――なるほど」

確かに名案だとクラウスは思った。

六歳の女の子だ。子供を預かったと考えればいい。

相手は姫なので無下にもできない。帰りたいと泣いたり、我儘《わがまま》を言われたりするよりいいだろう。

気づけば結婚三日目だ。

さすがに食事も共にしていないのは申し訳ないと考え、クラウスは早く帰ると部下の一人に知らせを持たせることにした。

◆◆◆

ティミアの中には挑戦せずに迷い続ける、諦めるという言葉は存在していない。

（――とにかくやってみるしかないわねっ）

コックたちや使用人たちが見守る中、ティミアはこの国の料理について聞きながら、試行錯誤してメニューをノートにまとめた。

そうして、意気込んで早速厨房を借りることにする。

背の低い彼女のために、厨房には踏み台が置かれた。メイドたちは汚れてもいいようにティミアにエプロンを着せ、三角巾もしてくれる。

「奥様の愛らしい御髪《おぐし》が汚れてもいけませんから」

というメイドの言葉が本当なのかどうか、ちょっと疑わしい。先程から「かわいい～っ」となんとも楽しげだ。

（まぁ、協力的なのはよかったかも）

ただ三角巾をしているだけなのに『かわいい』は疑問だが、ひとまず計画を実行に移せそうなので安心した。

クラウスの帰宅が遅くなっても、モルドンが料理長たちと協力して今夜の食卓にティミアの料理を出して、彼に食べてもらうようがんばってみるという。

なのでティミアはクラウスが食べてくれるように新作メニューを作る。

（弟たちも大好きだったわ。作るととても喜んでくれたし、何が食べたいのか聞いても高確率で出てくるのはグラタン！　つまりグラタンを嫌いな人は、いないはず！）

手足の長さが足りなくて、コックたちに協力してもらいながら仕込みから入った。

厚みがあるまな板で野菜も切っていくが、子供の手だとうまく力が入らなくて、久しぶりの料理に苦戦する。

けれどティミアは、自分は妻なのでがんばらせて欲しいと協力を願った。

（これから厨房に入っていけるのなら、体に感覚を思い出させないと）

後宮で掃除をしていたとはいえ、姫の体力は全然不足していると、ティミアは前世の記憶を思い出してから常々感じていた。

ちょうどよい機会である。

「新妻を放置してしまっている旦那様ですのに、奥様ありがとうございます」

手元を動かしながら話していたら、モルドンが目頭を押さえる。

「モルドン、どうして泣くのよ」

パン生地をコックたちとこねながら、ティミアは気遣いを込めて笑いかけた。

「いいの、それくらい旦那様は忙しいのでしょう？　わかっているわ。それなのに、ろくに食べない食生活が私は心配なの」

モルドンのみならず、なぜか同年代の料理長までハンカチで鼻をかんでいる。

（しまった……今の、六歳児らしくない言葉だったかな？）

気をつけなくちゃと気を取り直して、パンの生地をこねる。

クラウスは跡を継いで三年と少しだ。

十七歳になる前に爵位を継承したことを考えると、まだまだ間もないとも言える。

（今はよくても、あとできっと体にガタがくるわ）

がんばり屋なのはみんなの話を聞いていてわかった。

日頃から彼をつかまえられない様子からしても、領主としての内政も、騎士としての魔物討伐も、がんばりすぎるくらい務めているのだろう。

（数字関係のことは私も手伝うとして――）

これでも姫としての教育は受けている。前世でも事務職だったし、とくに数字の整理は得意なので少し教えてもらえればすんなりとできるだろう。

目標は、とにかくクラウスと仲よくなること。

ずっと一緒に暮らす仲だ。

（ギスギスするより、協力できる仲のほうが居心地もいいし）

考えながらパンに全体重をかけてこねていくティミアを、左右から若いコックたちがおろおろと見ている。

「はっ、やっ」

声を出しながら、ティミアは自分の体には大きすぎるパン生地をこねていく。

料理している時間は考え事をするのにもいい。

(貴族は政略結婚も多いし、愛人をつくるのもよくあるとは聞くし、六歳の私が妻なんて変な話でしかないから未来はわからないけど……でも、悪い人ではないみたいだし放っておけないのよ。それにみんな、彼を心配してるじゃない)

今後どうなるかはわからない。

彼がティミアと同じ食卓についてくれるかもわからないが、今は、まずは彼が食べてくれるならどっちでもいいのだ。

そのためティミアは、彼が食卓についてくれる作戦を考えたのだから。

「ふぅ」

いい具合に頭の整理もついた。

額の汗を手の甲で拭った時、ティミアは周りの大人たちがぐったりしていることに気づいた。メイドたちが彼らから視線をそらさせるようにティミアの汗をハンカチで押さえる。

「ありがとうございます」

「お礼だなんて」

「奥様は本当にお優しい姫様ですわね。自国ではとても愛されたことでしょう」

ティミアは一瞬返答に詰まった。

「……んー、普通よ」

台を飛び降りてはぐらかした。

弟たちが二十歳だった頃を思い返しながら、ティミアはクラウスが食べてくれるよう、第一弾の夕食づくりにみんなで取りかかる。

目標は『家庭料理』だ。それなら食べやすさもあるはず。

ティミアはコックたちにも協力してもらい、根菜類を刻み、鶏肉も仕込んだ。試食分も作りたくて大鍋の量だ。

「たまねぎがっ、目にしみる～っ」

若いコックたちとまな板側にいた同世代の男性の使用人たちが、そんなふうな悲鳴などを上げていた。

「いつもの俺らの苦労を思い知れ」

「お前見習いじゃんっ、俺が頼まれてここの仕事を紹介したんじゃんっ」

若いコックたちが言い返すと、若い男性の使用人も即言い返していた。そのやり取りは普段から手伝いに入っている仲のよさもうかがえる。

「殿方の皆様、手伝うと言ったのはあなた方ですわね？」

「ほら、じゃんじゃん手を動かしてくださいまし」

メイドたちは容赦なく作業を進行するよう言い聞かせる。それを先輩コックたちと次の作業の準備を進めながら、彼らと一緒になってティミアは見ていた。

みんなで何かをすることには慣れているようで、なんとも和気藹々《わきあいあい》だ。

見ていてティミアは、とても好きだなと思えた。

「すみません奥様、うちの者たちはどうも元気がありすぎて……」

とはいえ料理長や勤めが長いコックたちは、申し訳ないみたいだ。苦笑を浮かべて料理長がそう言ってきた。

「若い者たちは暖気がある地方へと出ていきますから」

「元気があって私は好きよ」

助け合う寒い国の人々が頭に思い起こされた。

その賑《にぎ》やかさに三人の弟たちが手伝っていた光景が重なり、同時にティミアは、胸がじんっとしていたのだ。

調理はスムーズに進んでいく。

「チーズの用意ができました！」

若い男性の使用人たちが、若いコックたちに『どんなもんだ』と自慢するみたいな様子でそう告げてきた。

「さて、最後の仕上げね」

台に立ったティミアが指示をし、試食分の皿に盛りつけがされて、窯へと入れられていく。

「でも奥様、わたくしたちの分までよろしかったのでしょうか？」

「旦那様は不在だもの。私と一緒に食べたって怒られないわよ。私も、みんなで試食したいもの。よければ味の感想も聞きたいの」

「隣国の料理！　楽しみです！」

若いコックもウキウキしている。

（うん、異世界の料理なんて言えないしね）

本来なら料理人以外の人間は厨房にも入れないものだ。屋敷内を担当している男性の使用人が入りなれているのを見るに、彼らは日頃から助け合っているのが見て取れた。

数日過ごしてわかったが、屋敷の規模に対して、使用人は少なめだ。

そのため、協力体制があるのだともティミアは察した。

そして、妻を放置してしまう形になってしまったクラウスをかばうくらいに『旦那様』は愛されて、慕われてもいる。

(倒れたらみんなが悲しむわ。そんなことをさせないためにも、やれることはやろう)

彼と仲よくなるのはあとで考えればいい。

ティミアは厨房で『旦那様の食事の習慣化作戦』についてみんなで話し合いを始めてから、自分があまり知らないクラウスという青年像が見えてきた気がした。

堅実で、責任感が強くて、思いやりに溢《あふ》れていて不器用――。

そのへんも、ちょっと弟たちに似ているところがある。

(彼もこの結婚に戸惑っているはずよね。それなのに私の好きにさせてくれているのって、たぶん悪い感情からではないはずだわ)

出迎えた際に、ティミアはそう感じていた。

使用人たちのおしゃべりを聞いていたその時、焼き上がるいい匂いがした。

間もなく丸いパンと、そしてグラタンの皿が試食台に並んだ。

早めに食事休憩に入る使用人たちには新たなまかないメニューということで、試食に協力してもらうため、人数分をワゴンにのせて丸々一食分ずつ休憩室へ運んでもらう。

「感想を聞いてきてね！」

「はい。わたくしへの休憩も、ありがとうございます」

嬉しそうに答えてメイドがワゴンを押して厨房を出ていく。

結果はというと――パン食の彼らにも、ティミアのレシピの手づくり丸パンは、大好評だった。

「やわらかいっ、あの隠し味と簡単な工程でこれだけうまいパンができるとは……！」

「材料が少なめでもふっくらとするから、経費にも優しいでしょ？」

「奥様っ、このグラタンってやつ、めっちゃおいしいです！」

「ほんとあつあつで、細かくされたチーズが少量でも絡んでくれてとてもおいしいですわ！」

「レシピに書いておきます」

料理長とコックたちは書き留めたノートを真剣な目で見ていた。

寒い時に好まれるメニューで大成功だったようだ。

好評のようで、ティミアは安心した。

とすると残る問題は、クラウスだ。彼の『食べてみたい』という好奇心を刺激できるか、そして食卓におとなしく座ってもらえるか――どちらも難易度が高い。

（幼女と結婚させられて嫌に思っていたりしたら、『夕食は一緒にしたい』と伝えたら困らせるかもしれないし……）

彼としても望んでいない急な結婚話だっただろうし。

父の前でぎこちない態度だったのは戸惑っていたせいだ。ティミアだって、出立の日まで、六歳で誰かの妻になることなんて現実感がなかったことだった。

（苦労しているというから……少しでも、分かち合えればと思うのだけれど）

厨房で使用人たちと一致団結してがんばった際、こんなふうに、クラウスとの関係も少しずつ深まっていくといいのにと思った。

祖国の後宮では得られなかった温かな空気。

クラウスとの間のぎこちない空気も、なくなって欲しい。

「これなら旦那様もおいしいと食べてくれるはずですよっ」

若いコックがティミアの前の席を陣取って話を振ってきた。隣から先輩のコックが「お前の休憩はまだだろ」と言って、彼の頭を叩いているが、席をどかない。

「うーん、どう食卓につかせようかな、と悩んでいるところよ」

「モルドン様に相談してみるのはいかがです？」

「そうね、彼も何か手を考えてみると言っていたし――あら？　まだ戻ってこないわね」

様子を見に戻ってくると言っていたのに、モルドンがいない。

その時だった。ワゴンを押して出ていったはずのメイドが、扉を思いっきり開いた。

「奥様大変ですっ」

「うわー！　オバケっ――いてっ」

「女性をオバケ呼ばわりするなんて失礼ですわ！」

椅子ごと振り返った男性の使用人も含め、コックたちも情けない悲鳴を上げていた。そのそばでティミアは必死に口を閉じる。

（私も思わず腰が抜けちゃったけど、気づいてないわよね⁉）

自分の心臓がどっどっと鳴っているのを聞いていたら、メイドの顔がこちらを向く。

「大変なのですっ、旦那様からの伝言を持たされた部下が来ますっ」

「え⁉」

「モルドン様は急きょドラゴン着陸の準備をされているようです」

メイドは若い男性たちに手伝うように言った。飛び出していった彼らに続き、ティミアも彼女と共に慌てて厨房を出た。


屋敷の正面玄関から外に出て、驚いた。

「わぁっ、ドラゴンだわ！」

空から銀色のドラゴンが来る。その姿を見て、ティミアは一気にテンションが上がった。

自国にはいない生き物だ。見てみるとそのドラゴンは首が長く、四肢の先には鋭い爪があり、硬そうな鱗を持った大きな翼があった。

その背に乗り、長い首の根元にまたがっていたのは、一人の騎士だ。

彼はモルドンの誘導でドラゴンを着陸させるなり、ティミアを見て笑った。

「あっははは、ドラゴンがそんなに珍しいですか？」

「はい、私の国にはいなかったものですから」

「撫《な》でてみます？」

「いいんですか⁉」

ティミアの愛らしい幼女っぷりに、騎士の笑顔が蕩ける。

「どうぞどうぞ。手綱は俺がしっかり握っていますから、好きなだけ触っていいですよ」

ドラゴンは顔を寄せ、ふんふんと匂いを嗅いで動くので、ティミアは半ば広がったままの翼に触れた。

「すごいっ、私、ドラゴンに触っているわ！」

「隊長の奥様、めちゃくちゃかわいいですね〜。他国の人なのに怖がりもしないんですねぇ」

その時、モルドンが咳払《せきばら》いして口を挟む。

「目的を忘れていただいては困ります。銀色のドラゴンということは、急ぎの伝言を持たされたはずですが？」

「はっ、手厳しい執事っ」

「わたくしのことを普段そう呼んでいることについては、あとでじっくり話し合いましょうか。それから、奥様は旦那様の妻であらせられますので、一人の女性としての対応をお忘れなきよう」

騎士は、ナメてかかったわけではないのだと慌てて彼に弁明する。

ティミアは、伯爵夫人として扱うことを忘れないようにと牽制《けんせい》したモルドンに、胸がじんっと熱くなった。

(嬉しいわ、認めてくれているのね……)

とはいえ六歳なので、初対面の人が夫人扱いを忘れるのも仕方ないとわかっている。

「いいのよ、友好的で嬉しいわ」

「奥様がそうおっしゃるのなら……」

モルドンは渋々説教をやめた。騎士が『助かった！』という顔で、気を取り直すようにして挨拶をする。

「はじめまして、ご挨拶できて嬉しく思います。アルセーノ・ジャハスと申します。先程まで隊長の巡回に同行しておりました」

「ティミアです。旦那さまの妻になりました、今後ともどうぞよろしくお願いいたします」

彼、アルセーノがわざわざ巡回から抜けてきたと聞いて、それだけの急ぎの知らせという内容を考えティミアは緊張する。

「隊長が、今夜は夕食を共にとるとのことです」

「……はい？」

思わず間の抜けた返答をしてしまった。

モルドンたちが小さくガッツポーズをする。食事の習慣化のため今日から料理をつくっているのでタイミングがいいと思ったのだろう。

ティミアとしては、驚きのほうが強かった。

（突然、どうして？）

彼は結婚初日ですら食卓にはつかなかった。

今も同席の機会は全然ない状態だ。ティミアが戸惑うのも仕方がない。

うーんと悩んでいるティミアの様子を見て取ったのか、アルセーノが困ったような表情で声をかけてきた。

「隊長は、いえガヴィウス伯爵は責任感が強すぎるだけで、奥様のことが嫌いなわけではないですから」

「…………うん」

姫だと壁をつくられるより、いい。ひとまず子供っぽくそう彼には答えておいたものの、ティミアは全面的には肯定できなかった。

政略結婚とはいえ、六歳の女の子と結婚させられたクラウスの心境を思うと、同情しかない。

(王命で断れなかったのは目に見えているわ)

打開策を考えるまで少し時間はかかるだろうが、ティミアが成人するまでの間に、どうにか離縁する方法を探してあげられないだろうか。

それが、彼と仲よくなれる方法なのではないか？

(望まない結婚なんて、彼も嫌よね)

前世、自分が二十歳だった頃と重ねて、ティミアは腑《ふ》に落ちた。

それに今の彼は、前世で最後に見た三番目の弟と同じ年齢だ。弟は恋人さえ望んでいなかったから長男と次男が彼女をつくらないのかと尋ねるたび、嫌がっていた。

(いえ、私が成人するまでには彼は三十歳になってしまうから、離縁の予定については早々に話し合ったほうがいいわね)

国によって法律が違うので、そのへんは相談になるだろう。

急な結婚だったので、この国のことも急ぎ学んでいかなければとティミアは気づかされた。

アルセーノがドラゴンで飛び立って数時間後、彼が告げた時間通りにクラウスがドラゴンで帰宅した。

（ほんと、馬車よりも速くて便利なのねぇ）

交通手段に困らない国柄、というのも感心する。

クラウスが乗ってきたドラゴンは茶色だった。アルセーノが来た時のモルドンの台詞から、銀色のドラゴンは急ぎの伝言がある場合に使うようだ。ティミアは、ドラゴンの色によって用途が違うのだと察した。

「ドラゴンは怖くないか？」

「え？　いえ、アルセーノが触らせてくれましたから」

「そ、そうか。恐れがないようで何より」

ドラゴンから降りたクラウスが、妙な咳払いを挟む。

（もしかして……気遣ってくれた？）

そんなことを思ってティミアが目をぱちくりしている間にも、クラウスは気恥ずかしいといった様子で顔を背ける。

「他国から誤解されることが多いが、このアルジオラ王国産のドラゴンは、肉食ではない。何より、人間の味方だ」

「肉を食べないのですか？」

「果物は好んで食べるが、主食は魔物によって汚されていない大気だと、魔法を持った国の者たちが分析してくれたそうだ。ここまで人間に寄り添うドラゴンはうちの国を含めて、数える程度だとされている」

ということは、ティミアは貴重な瞬間を味わえているみたいだ。

（多くの国々だとドラゴンは気軽には触れない存在なのね）

肉食種ではないというのも意外だった。

もしかしたら、恐らく味方になる魔物というのは、そういった〝風変わりな種〟なのかもしれない。

（ドラゴン、かぁ。私も乗ってみた……ううんっ、姫がそんなことを所望したら困らせてしまうわね）

ぐっとこらえる。

モルドンに手綱を渡して任せたクラウスの視線が戻る。ぱちりと目が合ったティミアは、彼が少し驚いたのを感じた。

「君は……」

彼の目が少し細められる。

（何かしら？）

なんだろうと思ってすぐ、クラウスがツカツカと歩いてきて距離を詰めてきた。そして、気づけばふわりと彼の手がティミアの頭に置かれていた。

「子供なのだから、我慢は似合わないぞ」

「――へ？」

ティミアは一瞬頭の中が真っ白になった。

自分が六歳であり、この国だと五歳未満に見えるのだという事実を思い出したのは、その数秒後だ。

どうして彼が『我慢』なんて口にしたのかわからないが、的を射られたみたいに気恥ずかしさがどっと込み上げた。

「ダ、ダイニングへご案内しますわっ」

頭に置かれた大きな手の温もりも落ち着かない。

自分は六歳なのだが、中身の二十代の女心が騒ぐのを感じてティミアは咄嗟に顔を背け、クラウスを城の中へと案内する。

「案内って……」

「私は〝妻〟ですから」

頬を冷やすまで顔を見られたくなくて、ティミアは当然自分がすべきことだと主張するように強く言った。

姫として教育を受けているからか、とつぶやいたあと、クラウスはもう何も言わなかった。

（――ひ、姫でよかった）

王家では妻が迎えた夫を案内するのは当然のことだ。

はぐらかすためについそうしてしまったが、そう納得してくれるのならやりやすい。

でも、ほっとしたはずなのに、なぜだか鼓動はまだ落ち着かないままだ。どうしてかクラウスの手の温かさが頭に残っている。

父にもよくされていたことなのに、なんとも変だなとティミアは思う。

（うーん……原因はわからないや）

考えてもわからないので、気のせいかもと思うことにした。

クラウスから子供扱いされているのは理解できた。妻だとティミアが口にしなかったら、思い出さなかったのではないかと疑うくらい意識していないが、そんなことは二の次だ。まずは彼に食べてもらうという作戦の実行があるのだから。

（大切なのは、このチャンスを活かすことよっ）

ダイニングへ向かうと、そこの長テーブルには夕食の準備が整えられていた。ティミア一人の時にはないワイングラスの曇りもない側面部分が、まぶしい室内灯に光っている。

「どうぞ」

ティミアが椅子を手で示すと、クラウスがなぜか小さく息を吐く。

「わかった」

彼は素直にそこに座った。

（えっ、す、座っちゃった）

彼に食事をさせること。その目標を思い出して、ティミアは内心どっどっと鼓動が増した。

（ううん、でもおとなしく座ってくれているしっ）

ティミアも慌てて着席する。呆れているふうでもあったし、六歳なのにそんなことまでするのかと思っているふうでもあった。それならまだ希望はある。

クラウスが席を立つ前にと急いで、メイドたちに夕食を始めることを告げる。

すると待機していたメイドたちがテーブルの左右にそれぞれついた。まずは飲み物を注ぐ。もちろん、ティミアには果実水だ。

「ワインは不要だ――一人だけ飲むのは相手に悪い」

ボトルを持ち上げたメイドを、クラウスが手で制した。

メイドがハッとしたように固まり、じーんっときたみたいに目を潤ませて「かしこまりました」と言い、それを下げていく。

（……いったいどうしちゃったのかしら？）

子供扱いされたのに、今度は同じテーブルについている貴族の対応をされた。

（あ、私が姫、だからかな？）

じっと見ていると、クラウスは続いて黒い手袋を取る。

何か口にはしてくれるらしい。ほっとしたティミアは、すぐにそわそわして床についていない足がわずかに揺れた。

（食べてくれるかしら、不安だわ……）

味見はしたのでばっちりなのはわかる。

コックたちは胸まで温かくなる味で、どこか懐かしくもなるおいしさだと言っていた。

フルコースのメニューで、まずは前菜から一皿ずつ運ばれてきた。

それでもクラウスが立つ気配はない。彼がスープもサラダも口にしてくれたことに、ティミアはまずほっとする。

そして続いてパンと、グラタンが運ばれてきた。

「これは……？」

クラウスが目を丸くして、自分の前に置かれたそれをしげしげと見つめる。

「グラタンです」

「グラタン？　初めて聞く料理名だな。待て、まさかと思うが……君が？」

「はい、私が料理長たちと一緒に今夜のメニューを考えて、一緒に作りました。お口に合うといいのですが」

クラウスの目は『姫なのに調理を？』と語っている気がする。

疑いの目を向けられているようでティミアはいい心地がしなかった。そわそわした気持ちになって視線を逃がし、言葉を続ける。

「たくさん学ぶ必要があったんです。味は料理長たちのお墨付きですよ。さっ、まずは一口どうぞ。好みでパンをつけて食べるのもおいしいですよ」

ティミアはパンを手に取り、実演してみせた。

（パンとでもいいのっ、どうにか食べてっ）

本当はマカロニを含んだ中身にこだわりがあるので、まずはそのまま食べて欲しいが、食わず嫌いな弟を思う気持ちで彼を見つめる。

するとクラウスが、パンなしでグラタンを一口食べてくれた。

「――うまい」

「本当ですか？」

喜びが胸から溢れて、ティミアは思わず前のめりになる。

「あ、ああ、こんなうまいものは初めて食べた気がするが……どこか懐かしい気もする……」

初めての味なのに懐かしさを感じてもらえて、ティミアは嬉しかった。

（家族との食事の記憶も、忙しくて忘れてしまったのね）

まずは彼にだけ食べてもらえればいい、と思っていたが撤回だ。

恐らく食事を疎かにしてしまった理由は、両親を失ったことに関わっているのだろう。

（やっぱり私、彼とここで一緒に食事をしなければ、だめだわ）

一人、だなんて寂しすぎる。

貴族の作法としては、使用人と一緒に食事をとることはない。だからこそ今、彼にはティミアが必要なのだ。

（引き続き厨房仕事をがんばるわ）

メニューを考えるのは妻の仕事ではあるので、おかしくはない。六歳でもコックたちと一緒にレシピを考えることくらいはできる。

そのためには、押しが強いと思われようが、ここでクラウスに了承してもらうしかない。

彼に再び、食事という習慣を戻すためには必要だ。

「私はあなたの妻です。六歳なので旦那さまも戸惑っているかもしれませんが……これからもお料理を作ってもいいですか？」

「君が食事のメニューを……？」

「はい。旦那さまががんばられているので、私も留守番をしている間に、少しでも役に立つことがしたいのです」

今後の内政のことを考えてそう言っておく。

クラウスは賛成しかねるというか『幼女にそんなこと』とためらうような表情を見せた。

「だが――」

「私が結婚相手になってしまって困っているのは、知っています。私も初めてお会いした際に結婚のことを知って、父の言葉には驚きましたから」

クラウスがハッとした表情になる。

途中で合流したモルドンも含め、周りの使用人たちが緊張したのを感じた。

「私は、旦那さまと仲よくなりたいのです。それが夫婦という意味でなくとも、かまいません。でも、ごはんは一緒にいただきましょう？」

ティミアは寂しそうに微笑みかけた。

「夫婦でなくともいい……？」

「私が成人したら離縁するのはどうかと提案しようとしていました。この結婚は王家同士が結んだものなので、姫の私が成人しないと発言力は出てこないと思いますし、かといって旦那さまにその役目は押しつけられません」

国王の命令に逆らえないから、彼も結婚の提案を受け入れたはずだ。

「けれど、そうすると旦那さまは三十代になってしまいます。少しお時間はかかりますが、それまで待たせないよう、離縁する方法を二人で探してみるのはいかがでしょうか」

ティミアは迷いなくクラウスを見つめ返していた。提案する横顔を見て使用人たちが小さくざわつく。

戸惑いは感じたが、六歳だからだとかティミアは今考えつかなかった。

クラウスと対面している今が貴重な機会だ。離縁を望んでいるのなら協力すると、味方であると彼にわかってもらいたい。

王たちが決めた結婚なので、すぐに離縁は難しいだろうが、その間は仲よく過ごしたい。一緒に暮らす、いい味方同士として。

「別に、離縁するつもりはない」

クラウスがためらいがちにそう言った。

「え？　本当ですか？」

「今のところは……まったく考えていなかった」

王の命令だからかとティミアはピンときた。

（なんて——忠実な人かしら）

いや、忠義を尽くす臣下、といったところだろうか。

けれど、彼の本心はどうなのだろう。

「共に食事をしたいのか？」

「え？　あ、はい、そうですね」

事実を口にするとしたら、そうだ。

「君がこういう食事を希望しているのなら……付き合う。夫だからな」

拒絶したいわけではないらしい。クラウスは視線をそらしたが、しっかりとした口調でそう答えてきた。

（彼は結婚命令に戸惑っているだけ……？）

確かに自分たちの結婚は、それぞれの意思はまったく通らない両国の王が決めたことだ。彼がティミアに嫌な気持ちを抱くのはお門違いとも言える。

とはいえ、この結婚はかなり理不尽だ。

ティミアはたったの六歳。そしてクラウスは、二十歳だ。

（見れば見るほどイケメンなのは確かね）

冷たいと思っていた目元は涼しげで、忠誠心が強い騎士の、生真面目な雰囲気が漂って愛想が見えにくいだけの気もする。

けれど忠誠心を向けている王が、今回の結婚を命じた。

――嫌がらせ。

そう浮かんだ推測に、全身がずしっと重くなる。

（いえ、まさか）

ティミアはすぐ考えを払いのける。

クラウスは両親を失った。

十七歳になる前、母だけでなく、父も共に失ったのだ。そんな人に嫌がらせなんて、と考えるが、ティミアも実際に三歳から散々な環境に置かれた。

（社交はしそうにないし）

ティミアは上目遣いにちらりと彼を見る。

彼は父も母もいない――守ってくれる大人が、いない。

目の前の彼が、自分のように肩身が狭い立場に置かれ、嫌がらせを受ける立場になっていたら嫌だな、と思った。

考えるほど、気になってしまう。

「あと、社交のほうもよろしくお願いします。早めに予定を立ててくださいね？」

「ごほっ」

グラスの水に口をつけたクラウスがむせ、モルドンがすばやく駆け寄る。

「君は茶会デビューもまだだろう」

「そうですが、私は結婚しました。妻に迎えられたのに、出席しないでいると隠れていると思われて、相手をつけ上がらせてなめられます」

「つけ上がらせるって……」

彼の顔に『子供なのにその考え？』という言葉が見えるが、大事なことなので、ティミアはしっかりと告げる。

「つまり、こういうことはきちんと示していたほうが、評価をよくできます」

ティミアは自信たっぷりに言ってのけた。

クラウスは賛成しかねるような迷いを浮かべる。どうやら社交には乗り気でないらしい。

（このまま時間が経つほど噂は変な方向に広がるわ）

小さければそれなりに挽回も簡単だ。

領地内の魔物をどうにかすることがこの国の貴族の義務として課せられているのなら、出席の有無といったことについても特別な制度などあるのだろう。

とはいえ結婚して数日、六歳の姫を妻にしたという噂はかなり広まっているはずだ。

「気にしなくていい。これから長い時間を共に過ごすんだ。ゆっくり準備をしてからでも――」

「私、王女なのでお任せください！」

六歳だとか関係ない。

ティミアが立ち上がって胸元に手をあてると、クラウスが呆気に取られ、それから表情をややひきつらせる。

「そうか、王女だったな……」

「離縁の予定がないにしろ、このままではだめです。結婚したのですから活動はしないと。そうとなれば、一番近い行事を教えてもらっても？　ドレスも、この国の文化や風習なども急ぎ見直し、その会に見合うものを準備しますね」

「六歳の言葉とは思えないが……」

「六歳です。姫は、みんな教育を受けます」

適当に言い、この場でクラウスの約束を取りつけるべくモルドンを呼んだ。

モルドンに確認してみると、隣の領主が大きなパーティーを開く予定があるという。その招待状があるのだとか。

「隣の人たちとは仲よくしておいて損はないよね」

「損はないって……君はまだ六歳だろうに……」

「あら、社交のことなら、令嬢教育でも習いますよ」

両親に連れられて幼い頃から社交を覚えさせられていくものだ。

ティミアはそれを思い出して適当に言った。案の定、覚えがあるのか、クラウスが思い返す表情を浮かべる。

（よし、決まりね）

彼が黙り込んだのをいいことに、ティミアは口を開く。

「モルドン、その領主のパーティーはたいせつ？」

「もちろんです。各領地は、魔物と戦うため近隣領地と連携を取っていますから」

「それなら、決まりね」

ティミアが答えた途端、モルドンが招待状と領主の資料を捜すと答えた。それを聞いたクラウスが項垂《うなだ》れる。

「俺の意見は聞かないのか……」

「旦那様、そろそろお顔を出しませんと」

というわけで、ティミアは来週末のパーティーにクラウスと行くことが決まった。

◆◆◆

その日は、深夜までモルドンと打ち合わせで大変だった。

クラウスが明日でいいんじゃないかと告げたら、朝は時間が取れないでしょうとモルドンに一刀両断された。

どうやらいたく伯爵夫人こと、ティミアのことを気に入ったらしい。

（六歳、なんだが）

女性は支度することが多い、とは父が生きていた頃から教育係長だったモルドンにも聞かされ続けていたことだったが、改めて彼からくどくどと説教のごとく聞かされている間、そんなツッコミの言葉がクラウスの喉元まで込み上げていた。

使用人たちも、手配する仕立て屋への予約やら宝石類の確認の予定やらと、残業してまで話し合っていた。

できるだけ『悪く言われないように』という彼女たちの思いは、理解できる。

六歳だとしても社交の場の空気を敏感に感じ取ることだろう。

だからクラウスは、今すぐに連れていくのは乗り気ではなかったのだが、どうにもティミアは譲らない。さすがは姫。意志が強くしっかりとした性質であるのは理解できた。

(俺が、フォローするしかないか)

社交の場にある空気を感じ取れたとしても、六歳の子供がその状況を理解するのは難しいだろうから、会場内で彼女から戸惑いの言葉や疑問を呈された際には、クラウスはそれとなく納得させるしかない。

けれどクラウスは、子供の相手をしたことがないのだ。

理解が難しい年齢の子供に、どう説明し、なおかつショックを与えずそれとなく回答をはぐらかすことができるのか――。

ベッドに入ったあとも悶々《もんもん》と考えていた。

その間に夜が更け、結局策が浮かばないまま寝入ったのも夜遅くで、その日は短い睡眠となってしまった。

翌日、しまったなと思いながらクラウスは起床した。

自分でもかなり睡眠時間が短くなってしまったのは自覚していた。

だがいつもなら体が重いところだが、しっかりと食事をしたせいか、不思議と頭もすっきりとしていた。

「旦那様、奥様とは朝食をご一緒なさいますね？　お約束されていたでしょう」

起床の挨拶に来たモルドンが、思い出させるようにそう告げた。

「あ、ああ、そうだな」

昨夜、夫婦なのだから一緒に食べたいのだとティミアに要望を伝えられた際、クラウスは六歳にしては小さすぎる彼女を見て想像に駆られた。

たった六歳の女の子が、一人だけの食卓についている光景を思い浮かべて、罪悪感に頭と胸を殴られた。両親を失った際にクラウスは十七歳目前だったが、それでも一人の食卓には慣れなかったものだ。

兄や姉もいない場で六歳の姫が一人だけ――というのは、ずいぶん酷な仕打ちに思えた。

だから食事を共にしてみたのだが、そのおかげか身支度をする体が軽くてクラウスは驚いた。これだと魔法剣もかなり振れそうだ。

何より――彼女が考えてくれたという料理がおいしかったのも事実だ。

「……また、ふわふわのパンか？」

「はい？」

部屋を出ながら思い出し、口にしたら、モルドンが『聞き間違いですかね？』という感じで振り返ってきた。

クラウスは、むすっとして恥ずかしさをこらえる。

「喉を通りやすかったんだ。するりと食べられた」

腹持ちを考えれば軽い気がするし、保存の面を考えると不安が残るが――久し振りにパンを『おいしい』と感じた。

するとモルドンが、屋敷の者たちにも好評なのだと言った。

ティミアが提案したレシピは、今のパンよりも材料費も工程数も抑えられ、焼き時間も短縮されるという。

「焼く前のパンは保存がきくそうで、奥様がその方法も共有されておいででした」

「それはすごいな」

「はい。コックたちは奥様からレシピを教わり、今後はあの手法でパンを作っていくそうです」

「そうか……姫なのに保存方法も知っているのは意外だが」

廊下を歩きながら、クラウスは顎を撫でる。

「そこは私も不思議に思いましたが、エゼレイア王国は冬が短く、温かい季節に恵まれ、食文化も進んでいると言いますからね」

能力者たちのおかげで魔物と対抗でき、あまり荒らされていない国土は豊かな資源に溢れているのは、多くの国々が羨んでいることだ。

顎に手をあてたクラウスの思案をくみ取ったみたいにモルドンは答えてきたが、クラウスはなぜか腑に落ちなかった。

考えている間に、モルドンに案内されるまま、足は一階のダイニングルームへと向かっていた。

扉を開けると「あっ」と上がった子供の声に、ハタと我に返る。

メイドたちが集まっていた場所、その足元から小さな影が覗《のぞ》く。

それはティミアだ。彼女はクラウスの顔を認めると、ドレスの左右を持ち、パタパタと駆け寄ってくる。

「い、いらっしゃいませっ」

大人びた物言いや考え方をする時もあるのに、他に言葉を探せなかったみたいな他人行儀な挨拶の仕方が少し面白く、クラウスは不意を突かれて和んでしまう。

その言葉は、彼女が少し緊張したこともクラウスに伝えてきた。

――六歳の、妻。

なんとも言えない気恥ずかしさのような、そして戸惑いも彼女のほうこそあるだろう。

クラウスも彼女と同じく、うまい返しがなかなか浮かばないのを感じた。

「う、うむ。おはよう」

「おはようございます、旦那さま」

おはよう、なんて言ったのは初めてではないだろうか。クラウスはハタと気づかされた。

「いかがされましたか?」

ティミアが小首をかしげる。

「あ、いや、今日からは共に食事をとるとは伝えていた。緊張しないでくれ」

緊張しているのは自分のほうだ。視線を逃がした際、強がって偉そうな台詞が出てクラウスは自分が嫌になる。

こういう時、父や母はどうしていただろうか。

(思い、出せない)

つい数年前にはあった光景のはずなのに、ずいぶん遠くまで自分が進んでしまった気すらする。

それくらい――孤独な闘いだった。

(ん？)

何やらティミアが胸に手をあてていた。

ほっとしているようだと、クラウスは横目に観察して思う。来てくれたことが嬉しいという反応とは少し違っている。

(俺がちゃんと食べてくれるか心配して、とか……いや、まさかな)

六歳児に似つかわしくないと思い、考えを振り払う。

「ところで、メイドたちと集まって何を？」

「あっ、朝食のことで少し話していただけです。旦那さまはどうぞこちらに」

身長がとても低いのに、ティミアがクラウスの手を取り、席まで導こうとする。

(姫なのに？)

またしても違和感が頭をもたげた。

「あっ、手に触れられるのはお嫌でしたか？」

考えて少し手に力が入ったのを感じたのか、ティミアがハッとして手を放した。

六歳にしては、やけに配慮が行き届きすぎではないだろうか。

クラウスは確かに他人に触れられることをよしとはしていなかった。むしろ社交界で見かける令嬢たちは、苦手だ。

とはいえ、さすがに六歳の子供相手に普段の毛嫌いを発動するはずもない。

「問題ない。それから、夫婦なのにずっと『旦那さま』と呼ぶのはおかしいだろう、クラウス、と呼ぶといい」

ティミアがなぜか驚いたような顔をした。

「パーティーに出席するのだろう？　夫のことを旦那様とは呼ばない」

「あ、そ、そうですね。それでは……クラウスさま、と」

何やら『様』をつけられた途端、もやっとした。

「クラウスでいい」

「い、いえ、しかし私は六歳ですし、目上の方には」

「君は少々気にしすぎているところがあるらしい。その年齢で気にすることではない。それに、妻だ。パーティーに出たいのだろう？」

じっと見下ろすと、ティミアが次第にたじたじになった。

「……出たい、です。それが条件ですか？」

「そうだ。俺も君のことは、ティミアと呼ぶ」

「わ、わかりました、クラウス」

「よし」

なぜか『勝った』という気持ちが込み上げ、クラウスは席に向かう。

ティミアがまたしても参加してコックたちと仕上げたという朝食はうまかった。そこに出されたパンも、瓣になるほどするすると口に入っていく。

ティミアは、なぜかポカンとした顔で見ていた。

モルドンも何か言いたげだったが、ふっと頭を振って「いえ、食べ盛りではありますし、昔はそうでしたね」と妙な独り言をこぼしていた。

第三章　妻としてお役に立ちますっ

パーティーの件で自分をますます逃げられなくしたのだとクラウスが気づいたのは、ドラゴンで家を出たあとだった。

「俺はバカか……」

なぜ、パーティーの件を口に出したのだろう。

そう思っている間にもディザレイヤの上空へ到達した。

そこにある部隊の建物は、まさに要塞だ。

所定の乗降場にドラゴンを降ろし、部下たちに任せて建物の中に入ると、会議室にて部下が魔物の出現場所や巡回先の資料などを準備している最中だった。

そんな部下たちの様子を確認し、クラウスはいったん上階にある自分の書斎へと入った。

領民からの出動要請などの手紙も複数届いていた。

彼らの意見は、貴重な情報だ。魔物の動きに先回りすることができる。

会議室に持っていく前にそれを確認しなければならないので、詰まれている書類と共に手前に引き寄せ、クラウスは執務机に腰を下ろす。

手紙に手が伸びず、まず出たのはため息だ。

「大変なことになったな……」

相手は王女だ。希望されたら、承諾するしかないだろう。

ティミアは何か使命感に燃えているみたいだったが、社交活動をするべきだと言ったことを、きっと後悔するだろう。

「止めたいが、どうしたら」

「魔物を止めるのは無理ですよー」

唐突に声が聞こえ、ギョッとしてクラウスは顔と肩をはね上げた。

一人しかいないはずの室内だ。

その声は引き続き、後ろの窓のほうから聞こえてくる。

「魔物よけの効果を持った鉱石を買い集めて巨大な壁を作るとなると、莫大な費用がかかり――」

「お前はどこから湧いて出たっ」

クラウスは振り向きざまにペン立てを投げた。

「おっと、危ない」

窓の外でそれを受け止めたのは、ドラゴンにまたがったつり目の男だ。頭に巻いたターバンから焦げ茶色の前髪が覗いている。

それはガヴィウス伯爵家、そして代々騎士伯爵が仕事仲間としている〝イディック家の当主〟であるディーだ。

クラウスより十歳上だ、というようなことを父からは聞かされていたが、出会った時と見た目は同じであるので、いつ見ても年齢不詳の印象を抱かせる。

「いやですね旦那、父君の世代からの長い付き合いじゃないですか」

「お前の弟が継いでいたら、この関係はない」

「ひどいですねぇ」

ディーはケラケラと笑う。彼の持つ銀色の中型ドラゴンは主人の機嫌がいいとわかったのか、ぎょろっぎょろっと珍しい鳴き声を上げる。

（この、笑い上戸たちめ）

クラウスは馬が合わず、顔をしかめる。

するとディーが、ドラゴンの首にひっかけていた革の鞄から、手のひらサイズの革袋を取り出した。それを窓越しにクラウスに差し出す。

「魔法剣を最も使いすぎた場合に、唯一効く最上級の回復薬です。ようやく袋一つ分は確保できましたので、お届けに」

ああ、それで、と納得してクラウスは腰を上げ、それを受け取る。

「――それは助かる」

「我々は近隣国みたいに対魔物武器に耐性がないんですから、あまり無茶はしないようにしてくださいよ」

腕を引っ込めたディーは、糸みたいな目がある顔を困ったような表情に変える。

「魔物に効くのは、どれも不思議な力を持った物体か人間のみです。ですが、元ドラゴンライダーだった我が国の人間は、ドラゴン使いにはなれても〝魔法使い〟や〝特殊能力者〟にはなれないんですから」

「わかってる」

「あなたが理解していることは承知してますがね、あなたはいつも部下にはきちんと制限させるのに、一番あなたが無茶をするから――おっと」

黙らせるべくクラウスが拳を突き出すと、ディーがドラゴンを少し浮かべて避ける。

「それで？　〝大地食い〟の件はどうだ？　〝情報屋〟」

ディーの仕事は、ガヴィウス伯爵家専属の情報屋だ。

彼は情報屋としての大きな会社を持っているが、実のところ、この領地のために設立されたようなものだ。

ディーの先祖が創設し、生まれる男児のうちの誰かが当主を引き継ぐ。

「卵は予想数のままですね。周りの領地の者たちも警戒しているようで、企みにはめられないよう気をつけたほうがいいでしょう」

「企み、ねぇ。そんなことをしてなんの得が？　倒されなかった〝大地食い〟に関しても、孵化《ふか》後に処理しなければそのまま次の土地へと今度は大地を侵攻して引き続き食い続けるのに？」

「あなたが守ろうとしている国民の大半は、あなたの味方じゃない」

含むようにディーが細い目で見てくる。

反論するなと彼の雰囲気が年上の圧を出していた。彼が言いたいことはクラウスもわかっている。

領地の外は――と言いたいのだろう。

「理解ある騎士一族がいる。それでかまわない」

「はー、私が警戒しろと言っている連中は、自分たちの土地に被害が出ないなら、この領地に〝大地食い〟を向かわせる策も講じそうな輩《やから》ばかりですよ――　〝大地食い〟、あれらは暖気を食らう。一挙に押し寄せられたら、この大地から次に消えるのは〝秋の陽気〟でしょうね」

そんなこと、起こりうるだろうか。

それよりもクラウスは、国内で最も危険視されている最悪の魔物〝大地食い〟の卵に気が向いた。

毎年、このアルジオラ王国の秋に発生する厄介な魔物だ。

それは発見次第、その領地で一頭残らず討伐しなければならない。それがアルジオラ王国貴族の義務として課せられている。

「近隣の土地の人々も今年の動向を気にしていることだろうな――孵化の時期を注意して見ておいてくれ」

「はぁ、私の忠告聞いてますか？　まぁいいや、うちの組織でも気をつけて見ておきますし」

ところで、とディーが窓から顔を入れてきて、言葉を続ける。

「六歳の妻を娶ったって本当ですか？」

「んぐっ」

嫌なことを質問された。

ディーが察したみたいに、ニヤニヤする。

「……その顔やめろ」

「うふふ～元々この顔です。情報屋としては、大変興味ありますねぇ。愛らしさにメロメロになったんじゃないですか？」

「茶化すな。相手は六歳だぞ、変な気持ちになるか」

内政を頼むわけにもいかない。

とはいえそれを考えた時、クラウスは少し心配になった。

（モルドンには釘を刺しておいたが……今回のパーティーの件もあるしな。あのお姫様は一度動いてみないと納得しないようなところがあるし……）

ディーが「私の話、聞いてますー？」と言っていたが、クラウスは屋敷のほうが心配になっていたのだった。

◆◆◆

意外なことに、クラウスは朝食も自分から食べに来てくれた。

（約束させたのは効果があったみたい）

習慣づいてくれるまで自分と食事をしてくれるのだと感じて、ティミアはほっとした。

あとは、来週末のパーティーのため準備をすることだ。

モルドンからどんなパーティーなのかは聞いた。

隣の領地、アーノルドラン領の所有者であるバクゼクト伯爵主催のものだ。パーティーは秋の社交シーズン入りで先陣を切って開催されるとのことで、彼は近隣の中でとくに華やかで、個人的なパーティーも多いらしい。

今回は遠方の領主たちも招いた大きなもので、協力者や支援者たちに向けて行われるのだとか。

各領地は土地続きだ。

ドラゴンという移動手段があるし、協力関係も築かれているのだろう。

（王家よりも先にパーティーをするのも珍しいわね。後宮の目立ちたがり屋のお義母さまたちを思

わせるけど、彼女たちの親族とか？　まさかね……隣の領地だしとにかく社交はしっかりしなくちゃ）

日頃からクラウスも世話になっているというのなら、妻としては挨拶しないわけにはいかない。

ティミアは屋敷にあるドレスをメイドたちと引っ張り出し、パーティーにふさわしいものをまずは絞り込んだ。それを並べ、一つを選ぶ。

「主催者よりも目立ってはいけないから、薄い桃色ねっ」

パーティーは夜に開催される。バクゼクト伯爵家は赤や濃い色合いを好んでいるというから、ふんわりとした色合いが安全だろう。

「けれど奥様、せっかくですし新しく作るほうが――」

「私は小さいもの。サイズも変わっていくからもったいないし、この真新しいドレスたちも、活用しないともったいないわ」

見たところ、かなり上質の布ばかりが使われている。

こういう素材のドレスは古いのであれば新しく生まれ変わらせる、新しいものであれば、うまくアレンジするものだと母から聞かされた。

（クラウスと国王陛下が用意したドレスが入り交じっているはずだけど、どのドレスもすごい裁縫技術だわ……季節と場に合わないからって『いつか着る』に回すなんて、もったいない。少しアレンジしたら夜のパーティーにぴったりよ）

メイドたちはドレスを職人のような目つきで眺めているティミアに、感心していた。

おかげで『奥様にお任せします』となったみたいだ。

仕立て屋が到着した際、ティミアは一対一で交渉することができた。早速このドレスを夜のパーティーの、夫婦お披露目用に仕上げられないか相談した。

親子で来ていた仕立て屋は驚き、それからにっこりと笑った。

「もちろん可能でございますよ。奥様は愛らしいですから、スカート部分をもっとふわふわとさせてもよいかと」

「ふわふわ……！」

白髪交じりの仕立て屋の父のほうに、ティミアの全身が反応する。

「胸元にハート形のブローチふうの飾りはいかがですかね」

「ハート形の……！」

続いた息子のほうの提案も素晴らしかった。

ティミアは、もう『かわいい』という単語が頭に溢れて大変だった。

前世でもかわいい物は大好きだった。

憧れていたのだが、金銭的に余裕はなかったし、自分に似合わないしそれに今さらよね、と思って集められなかった。

（や、やりたい）

しかも仕立て屋からの提案は、魔法少女みたいでかわいすぎる。

だが恥ずかしくて言い出せず葛藤していると、ティミアが持ってきたドレスに合わせてそれがいいとメイドたちが推した。

「ほぉ、それで今お召しになっているものも、こんなにもかわいらしいのですね」

「はい、わたくしたちで少しアレンジしております」

「奥様はよくお似合いです。私といたしましても、実のところそれを見て、もっとふわふわさせたいと感じたのですよ」

（パパ！　ありがとう！）

ここでも役に立った父のドレスに、ティミアは内心『やったー！』と喜んだ。

「それでは、早速デザインを起こしてみましょうか」

ティミアが両手をついてテーブルに広げられたデッサン用のノートを覗き込んでいる様子を見て、仕立て屋もメイドたちもにこにこしていた。


あれからいい提案が出まくって、正直、ティミアにはあまり記憶がない。

とても素敵な時間を過ごしたのは確かだ。

美しいドレスばかりかと思ったら、この町の仕立て屋は子供向けの特別な衣装も得意としていたのである。

仕立て屋親子も満足したような様子で帰っていった。

それを見送ったティミアは、つい先程までの打ち合わせを回想してうっとりとする。

「仕上がりが楽しみだわ」

「お疲れさまでございました。少し休憩をしましょう」

ティミアにメイドが目を微笑ましげに細め、テーブルに紅茶のセットを置いた。

「ありがとう――んっ、おいしい！」

なんと、蜂蜜がたっぷりだ。

「奥様、砂糖菓子もどうぞ」

「えっ、いいの？」

「疲れた時には、甘いものが一番ですわ」

目の前に出されたのは宝石みたいに色合いが美しい砂糖菓子だ。

（か、かわいい〜！）

ティミアは、ガラスの器の中でころころしている砂糖菓子に目を輝かせた。なぜか傘の飾りも添えられている。

かわいさの芸術か。そう思いながら、砂糖菓子を手に取る。

（私のドレスも自国にいた時のものに寄せようとしてかわいくアレンジするし、ここの女性たちってこういうことが好きなのかも）

ティミアは「ふふっ」と両手を頬にあてて、口の中の砂糖菓子を転がす。

周りのメイドたちや、そして仕立て屋が退出したあとの片づけをしている男性の使用人たちの表情がほわほわと緩む。

「――やはり奥様はかわいいものが好きなのね」

「――オバケが怖いとおっしゃっていましたし」

「――小物も増やしていいか旦那様に確認を取ってもらいましょ」

メイドたちはこそこそと話し、戻ってきたモルドンに気づくと声をかけて小走りで向かっていった。

ティミアは砂糖菓子をころころしながら、足のつかないソファで足を揺らし、次の考えに切り替えていた。

（夫が社交界でどういう扱いをされているのか、妻としては確認するのは最優先事項よね）

そのための戦闘衣装は必須だ。

……つい、全力でかわいい趣味に振ってしまったため、少し不安だが。

（でも、まぁ六歳だと子供扱いだものね）

王家主催の舞踏会ではない。

それに、この国の令嬢たちがどのような感じで着飾るのか、今回のバクゼクト伯爵主催のパーティーでなんとなくは掴めてくるだろう。

子供だが、ティミアはやれることを、やるしかない。

ティミアは紅茶を一気に飲み干す。

（さて。次ね）

はしたないとはわかっていたが、少しずつ紅茶を飲む時間さえ惜しく感じた。

前世の記憶がよみがえってから、子供の身軽さには感心してもいる。ソファをぴょんっと下りると、一同の視線がティミアに集まった。

「モルドン、屋敷の女主人が書斎で触れる仕事区分について説明してもらってもいい？」

モルドンがびっくりしたみたいに目を見開く。

「いえ、奥様には難しいことがたくさん――」

「一通り全部知りたいの。私はクラウスの妻でしょう？　彼の負担を背負いたいし、ゆくゆくは私がすることでもあるし、今のうちから少しずつ教えておくに越したことはないと思わない？」

彼を含め、みんなが納得の空気を漂わせ始める。

「それにその中で、今の私でもできることがあるかもしれないわ。クラウスは屋敷にいられる時間が少ないから、モルドンの管理の負担だってすごいでしょう？　私、みんなの役に立ちたいの」

使用人たちが声もなく感動した。モルドンも、そういうことならと承諾してくれる。


というわけで、ティミアは書斎へと移動することになった。

屋敷の中や敷地内については一通り案内してもらったが、執務の仕事部屋に入るのは初めてだ。

「わーあ、ここが普段クラウスが仕事をしているところなの？」

「はい。普段は部隊のほうにいることが多いため、向こうでこなせることは、向こうで行っております」

書斎は書架が壁一面にあってとても広かった。

どれもすべて専門書で、女性にもわかりやすい指南書もある。ティミアはピンときた。

「これは前伯爵夫人さまが……？」

「はい。よくおわかりになりましたね」

モルドンがわかりやすいくらい笑顔になる。

「大奥様はご自身のみで内政をとり行うこととは縁のないお方だったため、苦労はされておりましたが、学びも楽しんでおられました。二人は互いを支え合う、本当に素晴らしい夫妻でございました」

「それは素敵ね」

目元が少しうるっとしたモルドンに気づかないふりをして、目を離している間に涙を拭ってもいいわよと心で告げ、ティミアは室内を見回す。

この部屋は、当時からほとんど変わりがないのだとモルドンが説明した。

必要なものだけが揃えられている。ティミアもそう感じたし、夫だけでなく、妻もとても堅実な人だったことが想像できた。

(パパたちみたいだわ)

ティミアは、少しうらやましくなる。

ティミアの父と母もとても愛し合っていた。

後宮にやって来て寝所に訪れた父は、『ようやくティミアが生まれてくれた』と何度も話して聞かせてくれたし、嬉しいと言ってよく母と一緒にティミアを抱きしめてくれた。そして家族三人で話したり一緒に寝たりする時間をつくってくれた。

母の命の残りが少ないとわかって、できるだけ両親と子としての時間をつくろうとしてくれたのだ。

ティミアが生まれなければ母はもう少し生きられただろう。

前世の記憶を思い出してそれを気にしたことはあったが、父は、そんな可能性についてはティミアに一度だって聞かせたことはなかった。

(――でも、もし王城から追い出したくての結婚命令だったら？　パパは私の顔も見たくなくて早々に国外に嫁に出した、とか)

どくんっと胸が苦しくなる。

そんなことを考えてはだめだと、ティミアは慌てて頭から振り払った。

父の愛を信じている。

母がなかなか妊娠できなかったのは体が弱かったせいで、妊娠がわかった際に、医師から警告を受けた。

母は迷わず産むと言い、父も、男の子であっても女の子であっても、愛する人との子に会えることを楽しみにしていると言ったそうだ。

『かわいい女の子が生まれて嬉しかったわ。ほら、私が教えられるところは教えていけるもの』

優しくて、心まで素敵な母だった。

ティミアにとって――二度目の、母の看取りだ。

『母さま……〝母さん〟』

思わず口から前世での呼び名がこぼれた時、ティミアは嫌がらせを受けても決して出なかった涙がぼろぼろとこぼれた。

二度目の別れはつらかった。

前世と比べると、早すぎる死別だった。

「奥様？」

「あっ、なんでもないの。早速説明してくれる？」

モルドンの声に現実に引き戻され、ティミアは気を取り直すべくにこっと笑いかけた。

「は、はい、それでは……」

子供相手だというのに、モルドンはしっかり屋敷の管理のことなど詳細に教えてくれた。

その内容は財政や数字の管理全般も含め——これまでざっと説明だけされていたワインセラーや食糧庫の在庫確認よりも、一気に難しさが上がる。

けれどそれは、ティミアが後宮で母から学んだことだった。

ティミアの母は、元々、女当主になる可能性を見込まれて教育を受けていた。

それは彼女が持つ、国の中でも異例な〝武器化の力〟の才能のためだ。

けれど王家まで名前が知れ渡り、そうして父と会い、恋に落ち——。

ティミアは兄王子や姉王女たちにいじわるをされていた際に、頭に衝撃を受けて前世の記憶を思い出した。もうすぐ三歳という頃だった。

大人の思考が戻ったティミアは、三歳にして物わかりがよくなった。

それを感じてか、残された時間に限りがあると悟っていた母は、惜しみなく自分の知っていること、内政やその管理の仕方など、絵本を読み聞かせるように教えてくれた。それが今のティミアにとってありがたい基盤をつくってくれた。

（それに前世の仕事とかぶる点も多くあるのよね）

専門職ではなかったが、半ばブラック企業で、一人の社員がいろいろとさせられて法的な数字書類も作成させられた。

その基盤があれば、こちらの法的な申告書関係も理解は早いだろう。

ティミアは書斎机の上に積み上げられている書類の横に、未記入の書類があるのを見つけ、そう感じた。

「税関係の機関は待ってくれませんので、こちらはできるだけ早く処理していただきたい書類なのですが……まぁ、仕方ないですね」

同じ方向を見たモルドンが、つい、といった感じでため息をひっそりともらす。

「その先月分の数字のまとめ、これからなんですよね？」

最後の説明を聞いたティミアは、モルドンがその際に手で示した書斎机の上に積まれた書類の束を指差した。

身長が低すぎるせいで、上を『んっ』と指すような形になったのは、少し恥ずかしい。

「奥様、まさかとは思いますが……」

モルドンがゆるゆると目を丸くしていく。

「まずは私にさせてくれない？」

「いえっ、しかしこれはっ――」

「説明を受けながらさせて欲しいな、興味があるの」

急ぎだというのなら、どうしてもしたいと思った。

クラウスだけがしなければならない書類ではないことは理解済みだ。女主人ができる範囲内の内政である。

「財政管理、今日一つだけでもいいから試しにさせてっ。役に立ちたいんです、ねぇモルドン、お願いっ」

ティミアは両手を合わせてお願いした。

できそうだと自信があった。

これは前世の会社でやっていたのと、とくに似ている。

(困っているのなら片づけてあげたい)

恐らく説明した際のモルドンの疲れたような横顔は、税の機関からせっつかれているのだろう。

けれどまたクラウスに食事の時間まで削って欲しくはない。

「ただ私がしてみたいのっ、ね、させてくれない?」

最後のだめ押しで、上目遣い攻撃をしてみる。うまくいくかはわからないし、やっているティミアは内心恥ずかしかった。

すると、ようやくモルドンが表情を和らげる。

「仕方ないですね」

その返答に、ティミアは「やった!」と思わず声を上げてしまったのだった。


ひとまず、モルドンの指南を受けながら数字まとめと書類作成を始める。

作成の前に全体を理解する必要がある。彼にまず見せられたのはガヴィウス伯爵家の上半期までの数字や、そのすべてだ。

(裕福みたいだけど、魔物の防衛関係と修繕で結構いくのね)

魔物は部隊で討伐した分だけ国から支援金が下りる。

それもあって各地が国軍に頼らずがんばる仕組みであるらしい。

〝武器化の力〟を持っている者を国軍に引き込みたいために、所属者を優遇しているティミアの自国とは結構違っている。

けれど自国と違って、ここは支援金や保障が安定しているわけではない。

そのためガヴィウス伯爵家は、急な増税などを領民に課さないよう、修繕費用や防衛関係のため別枠でしっかり貯蓄しているのも見て取れた。

（まぁ、たぶんそれがわからないと思ってモルドンは隠すことなく、私に全部見せてくれているのかもしれないけれど）

普通だと、たとえ〝奥様〟でも信頼がおけるようになってからしか見せないだろう。

いや、それほどティミアを受け入れてくれているといいほうに考えよう。

ティミアは雑念を捨てて一心に書類の数字に目を通していく。

子供にはわからないからと少し見せたら下げてしまうであろうモルドンよりも早く、すべて目に入れてしまうためだ。

（春と夏が来ないから、平年よりも収穫量が一気に増えるという年があるわけではない……だから自然災害を考えても、あるに越したことはないってことよね）

クラウスも、もしもの時のための貯蓄はしっかりしておきたい考えであるとは、書類を見ていてもわかった。

それなら、ティミアにも手助けできることはある。

「予算、削れそうなところがあるのだけれど聞いてくれる？」

「えっ」

モルドンは今にもこけそうになっていたが、ティミアが内容を話すと、彼の目つきが変わった。

真剣になって話を聞き、手帳にメモを取っていく。

ティミアは前世で弟たちを学校に通わせるため、家計を切り詰めていた経験がある。

屋敷の維持管理費もあるし、所属している使用人たちのことも考えて無理のない程度にとどめるが、『わからない範囲内』でそうするのがポイントだ。

「一月分でも決して少なくない額でしょう？　長期で考えると、そこそこ大きい財になっていると思うわ」

「確かに。その通りですね」

ティミアが試算を出した書類を、モルドンは興味津々と食い入るように確認している。

「モルドンの話によるとこの国は、国の保証機関に預ける分には税もかからないし、控除もあるでしょ？　私の名義でするのはどうかしら」

結婚した妻が新たに金庫を借りるというのであれば、金に困って伯爵家が、という妙な勘繰りをされずに済む。

そうティミアが話すのを、モルドンは感心して聞いていた。

「奥様は——実に素晴らしいですね。こちらは旦那様と検討したいと思います」

「ありがとう。他に事業になりそうなことを思いつければよかったのだけれど、まずは削れるところを削る案しか出てこなくて。ごめんね」

この地域は、気温が低いせいで育てられる植物にも限りがあった。

花は豊富ではないので、自国の王城みたいに香水の原料として、加工し香水として社交界に売り込みをかけるという案も、軽々と口にはできない。

そんなティミアの思いに、モルドンは感動さえしているみたいだった。

「それで庭師のところにもよく顔を出していらしたのですね」

「母の教えなの。小さなことでも家計の助けになるし、だから、何か役に立てることはないかなぁと思っていたんだけど……お金を稼ぐなら社交界に顔を出さないと難しいし、かといって地域によってやり方はいろいろだろうし。私はまだこの国の社交界で情報集めをしたこともないわ。来たばかりでわからないことも多いから」

数字を見ていると、いろいろと助けたい気持ちでいっぱいになっていた。

それをモルドンは察したらしい。

「焦らなくともよいのです。うちの経営は困っているわけではありませんから」

モルドンに手を握られて初めて、ティミアは自分が視線を落としてしまっていたことに気づいた。

「奥様はとてもよく考えてくださっています。私は、それを嬉しく思います」

「ありがとう。これからもっと役に立てるようにここのこと、いろいろと教えてくれる？」

「もちろんでございます」

モルドンは嬉しそうな顔で、何度も頷いていた。

ひとまず伝えたかった改善案を話し終えたティミアは、本来の数字まとめと書類作成の作業に戻ることにしたのだった。

◆◆◆

クラウスは今日、どうにか時間を空けて午後早くには屋敷に戻る予定にしていた。

どうしても一つ、書斎机の上に山積みになっている財務関係の書類をこなさなければならなかった。

だが、モルドンから想定外の知らせがきた。

【いつも通りで問題ありません。部隊のお仕事に専念してくださいい、〝大地食い〟のこともございますから】

いったいどういうことだろうと思ったが、モルドンがクラウスの損になることを提示してきたことはない。

住民からの魔物出現の報告により、急な討伐対応も入り、ひとまずその日は予定通り、部隊の活動に専念した。

最後の依頼場所には、特徴から推測された魔物がいた。足の速い類いのものなので逃げられる前にドラゴンで一気に攻め込み、空から攻撃をしていく。

「アルセーノ！　右だ！」

「ひゃあっ」

森から飛び出してきた馬ほどの大きさの獰猛《どうもう》な魔物を、クラウスは魔法剣で斬り裂いた。

剣の刃は魔物に触れると焼けるような音を立て、鉄とは思えない鋭い切れ味で、魔物の頭と胴を切り離す。

「さ、さすが隊長……前伯爵のご存命の際、先に〝騎士伯爵〟の名を継承しただけはありますね」

「こんな時になんだ。集中しろ」

ドラゴンの翼を一振りさせ、ぐんっと上へと移動したのちクラウスは別方向にいた魔物を右、左と切り捨てていく。

「魔法剣にごっそり集中力も奪われていくんですよ！　数が多すぎます」

アルセーノが弱音を吐きながら、魔物を退治していく。

（確かに）

報告を受けていた最後の現場の魔物退治を終えたところで、クラウスは残る数頭を部下が仕留めた様子に目を向ける。

「活動期、なんだろうな」

夏と春がなく、この地方は秋がとても長い。

国に秋の季節が到来してほどなく、冬に向けて冷気が入り出してから暖かさがある人里を求めて魔物たちが山や森から出てくる。

それで国の四季の〝秋〟をクラウスたちは感じた。

「異変を報告してくれた者には感謝の手紙を出しておけ」

「了解です」

クラウスは頬にかかった魔物の黒い血を、黒い手袋の手の甲で拭った。焼き払うため魔物を一か所に集めている部下が答える。

彼らの死体を魔物が食べてしまうためだ。

そうすると、魔物はさらに力がつく。

燃やすのは魔法国家から仕入れられている魔法武器『発火石』だ。それは気温や状況に関係なく、魔物だけを綺麗に燃やし尽くす。

ただ、その時に体力が一番残っている者が使う必要がある。魔法武器は魔法使い向けに作られており、一般の人間が使う際には体力が消費される。そのため、クラウスたちは日頃から鍛錬が欠かせない。

魔物の死体が焼き終わるのを数人の部下に任せ、クラウスたちは先に部隊の拠点へとドラゴンで戻った。

魔物の返り血を浴びて『うげぇ』としなびているドラゴンの水浴びを、待機していた騎士たちが請け負う。よくがんばったなとクラウスたちも含めて労うと、ドラゴンたちは『まぁ明日もがんばってやるさ』みたいな顔をする。

アルジオラ王国の人間とドラゴンは、持ちつ持たれつで暮らしている。

ドラゴンは、実は〝怖いもの〟が大嫌いだった。それは、おぞましい魔物もあてはまる。争い事や血も苦手だ。

人間が魔物に襲われて食い散らかされる〝争い〟を見たくなくて、ドラゴンも魔物を駆逐したがる。

見ていると、ドラゴンはかわいく思えてくる生き物だ。

（――そういえばティミアも、愛おしそうな目で見ていたな）

汚れてない軍服に着替えるため、軽くシャワーを浴びながらクラウスはふと、ドラゴンを見ていたティミアのことを思い出した。

他国の人間はドラゴンを怖がる。

しかし、ティミアの目にあったのは『すごい』と見て取れる輝きだった。

子供だからわかりやすいのだろうか。

頭から流れていくお湯が腹筋を伝わって落ちていく光景を目に収めていたクラウスは、ぽかんと口を開けていた彼女の姿を思い出して、不意に笑ってしまった。

（見ていると、胸が温かくなる感覚がするな――）

たった一人で来て不安もあるだろうに、初めて食事を共にとることになった際、ティミアが勇気をもって接してこようとする様子に気づかされた。

我儘な姫なのではなく、健気《けなげ》な女の子なのだとクラウスは感じた。

そう感じ、彼女のことを見始めてから、何か自分の中で変化が起こっている気がする。

ティミアのことをたびたび考えているのも、そうだ。

初めは、六歳の末姫と国同士の利益のために結婚させられた自分のことしか見ていなかったのだと、彼女と話していて悟り、騎士として恥ずかしくなった。

父にも、騎士として立派になれと言われて『はい！』と誇らしげに答えていたというのに。

たった数年前まであったそんな日々も、自分は、忘れていたのか。

それを思い出させてくれたティミアの存在は日だまりのようで、心を温かくしてくれる。その存在感が日に日に自分の中に刻まれていくのを、クラウスは感じた。

間もなくクラウスは屋敷へ戻った。

「モルドン、これまでいろいろとすまなかったな」

書斎までついてこさせたのち、扉を閉めたモルドンを待ってからそう言った。

モルドンは驚きの表情を浮かべて振り返り、それから目を潤ませ、同時に照れ臭そうに「いいえ」と答えてきた。

「旦那様の成長には、このモルドン嬉しい限りでございます」

「やはり俺は、少々子供だったか」

「まだ二十歳でございますから」

父は晩婚だった。そう思い出し、クラウスはなるほどと納得してしまう。

「ところで旦那様に、二点ほどすぐご報告と確認したいことがございます」

それは玄関先でも聞いていたことだった。

夕食の時間よりも早くに戻ったのは、話す時間を確保したかったのも理由にある。

クラウスは書斎机に置かれていた書類について、モルドンから報告を受けた。整理された数字の書類の束を彼と一ページずつ確認して、驚きを隠せなかった。

「これをティミアが……?」

「はい。私の指導は初めの少しばかりです。時々、新しい項目にあたると確認はしてきましたが、なんとも優秀な生徒を持った気分でした」

「数字も完璧にまとめられているな……」

書類の整頓も完璧だった。どの書類を見ても粗雑ささえない。

このまま提出したとしても、専門機関も疑わず受け取るだろう。

字は、小さな手であるせいで少し癖はあるが、それでも実際にそれを書いた人物がわからなければ、気づかない誤差とも言える。

するとモルドンは、続けて一枚の財政改善案と共に驚くべき報告もしてきた。

クラウスはその説明を受けたあと、しばらく言葉がでないままその改善案の試算数字を眺めていた。

「本当に六歳か？」

試算の書類を片手に持ったまま、椅子の背にもたれかかる。

「私もそこには疑問を覚えていました。しかし、向こうの侍女たちがこう口にしていたのを思い出したのです。『賢姫である』と」

「ああ、そういえばそんなことを口にしていた気がするな」

贔屓《ひいき》の目があっての言葉だろうと思っていたが、違っていたらしい。

「それにしてもなぜ——あ」

クラウスは、ハタと思い出した。

モルドンが「旦那様？」と、何か思いついたことがあるのなら教えて欲しいという目をして様子をうかがってきたが、彼はしばらく答えられなかった。

（……そう、か。そういうことか）

クラウスは書類を書斎机の上に置くと、顔の下を撫でるように覆う。

エゼレイア王国。その王の子の中で、唯一〝特殊能力〟を持たなかったのは末姫だ、というのは有名な話だった。

クラウスは、カークライド国王自身からもそれを聞いた。

だから隣国のアルジオラ王国は、ティミアをガヴィウス伯爵家のクラウスの妻として迎え入れることができたのだ。

あの国は本来、自国の者を外に嫁がせるのを嫌う傾向にあった。

一人でも多くの特殊能力者を保持し、魔物の対抗策を取りたいからだ。

『向こうの王家も、不要だと早く追い出したかったのだろうな』

六歳の姫と結婚することになったことを報告した際、エドリファス国王は意味深長な笑みと共にそんな独り言を口にしていた。

それが事実なのかどうかは、わからない。

彼は食えない王だ。

しかしながらクラウスは、同時にそれはアルジオラ王国としては歓迎することであると婚姻の手続きで訪れた機関でも感じた。

今回の結婚は大国であり、魔物への対抗策も一歩先を進んでいるエゼレイア王国とのつながりを強化できると喜んでいる声もある。

けれど、ティミアはどうなのか？

クラウスは次第に血の気が引くのを感じた。それを見てモルドンが慌てて扉を開き、ベルを鳴らしてメイドに水を持ってくるよう指示している。

——武器化の力。

それはエゼレイア王国以外にはない特殊能力だった。

魔法使いがいる国々は存在しているが、その中で、魔法とは違い体質により発揮する個性的な力を〝特殊能力〟と呼ぶ。

〝武器化の力〟が彼女の国でどのような扱いをされているのかクラウスはうまく呑み込めず、考えるに至るまで時間がかかってしまった。

だが、みんながあるのに自分だけその力がない、という環境に置かれたらと、彼女の気持ちを想像することは、彼にでもできる。

「力がなくて苦労……したのかもしれない」

廊下でメイドを下がらせ、書斎机にティーカップを置いたモルドンがハッと表情を曇らせる。

もっと早くに気づけばと、クラウスは後悔に襲われた。

そんなことにも気が回らないくらい、六歳の妻を持ったと自分のことしか考えていなかったことに内臓が締めつけられる。

「だから、子供なのにやけに遠慮したりするんじゃないか？」

そう考えると腑に落ちた。クラウスが確認するように見つめ返すと、モルドンも「確かに」と硬い声で言った。

「それであのお方は、たびたび悟ったような発言や態度を……」

「どんな発言があった」

気になって、クラウスは身を乗り出す。

「本日ですと、大旦那様と大奥様の話をした際にもどこか大人びた眼差しと態度を……そういえば兄姉のことや、自国のこともあまり話さないなと私も気づいたのです」

「俺も……聞いていないな」

食卓に同席するようになったが、思えば一度も話題に出ていない。

「何か、肩身の狭い思いでもされていたのでしょうか」

「六歳であれだけの教育を詰め込んでいるんだ。教育が始まる年齢の前に母も失っているはずだから、恐らくは勉強するしかないと……」

想像すると言葉が続かなかった。

クラウスが絶句すると同時に、二人の間に重い沈黙が落ちる。

(俺は——ひどいことをしたかもしれない)

子供の相手をしたことがないからだとか、忙しさに逃げずにティミアと向き合うべきだったのではないだろうか。

「役に立ちたいと口癖のようにされていますが……そういうご経緯もあったのですね。なんともかわいそうに」

モルドンが珍しく私語を口にし、クラウスが目の前にいるのに、ハンカチで目元を拭う。

罪悪感がクラウスの全身にどしっとのしかかってきた。

(特殊能力がないから、他にできることで役に立たなければならない、と?)

たった六歳で、ティミアはそう思い込んでいるのではないか。

そう考えると、出身の身分からいえばティミアのほうが高いのに、姫とは思えない様子でクラウスの手を引いて食卓へと導こうとしたのも頷ける。

メイドからの報告によると、かわいらしいものに目を輝かせていたという。

あの年頃だと高価なものに喜ぶというのに、私室のクッションにフリルをつけただけで、嬉しそうだった、と。

「ドレスは？　仕立て屋の件はどうなった」

ハッと思い出してモルドンに確認した。

「そ、それが、まだ着ていないドレスの中から選んで、それをアレンジされる形でパーティー用に仕上げると……」

「……そんな姫は聞いたことがないな」

「……そうでございますね。ご自分の意見を、もっと口にされればよろしいのにとは、私もたびたび感じているところです」

——自分の意見、自分がしたいこと。

クラウスはドラゴンで帰宅した際、ティミアが我慢したのを思い出した。六歳には不似合いな行動だった。

自分が六歳だった頃は、父にドラゴンに乗りたいとねだって困らせていたものだ。

「はぁ……それでいて今回は予算削減と新たな貯蓄案、か……」

クラウスは、椅子にどかっと体を預けた。考えがまとまらず、くしゃりと前髪を乱してしまう。

それは幼い頃からの彼の癖なのだが、モルドンが目ざとく注目する。

「旦那様、髪にそのように触れてはいけません」

「わかってる。今は一人の軍人として見逃せ——ティミアをしばらく一人で食事させたんだぞ、もしかしたら自国でもそうだったかもしれないのに……はぁ」

カークライド国王は、彼女に寂しい思いをさせないために、他国に出そうとしていたのではないだろうかと、クラウスは推測した。

けれどクラウスは、二十歳の若輩者だ。

三年と少し前に両親が急逝し、いまだ余裕がない。

「そんな俺に彼女を預けて本当によかったんだろうか――」

「旦那様、おやめください」

モルドンが書斎机の内側に回ってきて、肩を強く掴んだ。

「過ぎてしまったことは仕方ありません。これからが大事です。そこに悩んでおられるのでしょう？」

「そうだ、彼女に……離縁のことまで口に出させた」

あの時、咄嗟に『そんなことは考えていない』と断言した。

その理由については自分でもうまくわかっていないが、クラウスは結婚に動揺こそあったものの、そもそも離縁ありきの結婚なんて頭になかった。

「自己嫌悪するのは当然です。奥様は寂しがるご様子を見せなかったため、私たちも気づかなかったことですから」

モルドンが優しい顔をして微笑んだ。

「これから奥様のことをよく見てあげるようにするのはいかがでしょうか？」

「ティミアのことを？」

「はい。ご夫婦になってから知り合っていく者同士も多くいます。幸いにして、旦那様にも奥様にも、互いを知っていくために積み上げられる時間は多くございますから」

それはクラウスも考えたことだった。

ティミアのことを何も知らない。自国であった葛藤も、六歳にして我慢して表に出さないところや、大人びた考えで押し込める寂しさも――。

すぐに聞き出すには、距離が縮まっていない。

「できるだけ、ティミアのそばにいようと思う」

そして、したいことに付き合おう。

つまりは、まずパーティーを無事にこなすべきだろうと、堅物なクラウスの頭にはそう浮かんだのだった。

第四章　いざ夫婦で初めての社交へ！

節約案はかなり喜ばれたらしい。

屋敷の施設管理だけでなく、警備や厨房、庭師たちからも、無駄があれば意見を聞きたいと面談依頼が舞い込んだ。

どうやらクラウスが、ティミアの成果について発表したみたいだ。

メイドたちからも何か気になるところや改善案があれば協力したいと、朝一番に目を輝かせて言われてしまった。

（領地のことも見ていきたいけど、六歳の私だけで視察するのは現実的に無理だし……そもそも、まずは大きすぎる屋敷のことからよね）

ドラゴンが着陸できるくらい敷地は広く、もしもの時に領民へ提供できるよう食糧庫と薬草を含む植物栽培ハウスや作物を生産する農園などもある。

見て回るだけで数日はかかってしまったほどだ。

数字まで確認しつつ、流れを頭に入れて隅々まで見ていくとなると、時間が必要だろう。

そう考えると、みんなが協力的なのはすごく助かる。

ティミアとしても、厨房との食事メニューの打ち合わせのほか、自分でも何かできることがあるのは嬉しかった。

「妻っぽいわ！」

「ふふ、ええ、そうですわね」

「嬉しい忙しさね」

ティミアはハーブ園を管理している者たちに手を振って別れたのち、彼女には大きすぎるメモ帳に書き込みをしながら散策路を進む。

隣を歩くメイドが日傘を差し、感心したように眺めていた。

「ネリィ、まさかワイン製造工場も所有しているとは思わなかったわ」

「いろいろと事業を成功させていますからね」

最近、そばにつくのは一番若いメイド、ネリィが多いと気づいた。所属して間もないのでいろいろと時間が作りやすいのだろう。

ティミアもまだ十代の彼女とだと話しやすく、ついつい連れ回してしまう。

「そこもいつか見たいわね。あっ――もちろん、私はまだ味見はできないけど」

ちらりと見上げると、ネリィがうんうんと頷く。

「少し距離がありますから、外出する際には旦那様と行きましょうね」

子供に言い聞かせる感じの口調であるが、親しみがあるのが嬉しくて、ティミアは「うん」と笑顔で答えた。

そのクラウスは、あれ以来朝と夕、しっかりと食卓に着いてくれている。

それから――なぜか、昼もだ。朝に外出していったとしても、彼は昼食時間に合わせて一度戻ってくるようになった。

戻ってきて休みがてら昼食くらいとればいいのにとは思っていたので喜ばしいことなのだが、財政に手を出した翌日、急に誘われてびっくりした。

『今日は……昼食時間に、一度戻る』

どんな心境の変化なのだろう。

昨日も、そして一昨日《おととい》も、彼はティミアと昼食もとった。

ちなみに今日は日程的に無理そうなので近くをドラゴンで旋回できるタイミングがあれば、お茶をしようと言われた。

（お茶……私が、クラウスとお茶？）

現実味がなくて、首をひねる。

内政を少し任せてくれることにしたらしいし、これは――歩み寄ってくれていると見て取っていいのだろうか。

（……それくらい私の用意するごはんがおいしかった、とか？）

クラウスが食べ物をよく口にしてくれることになった変化も驚きだ。

ティミアはそれについて考えた際、執務した日の夜、弟たちに作る気分でついハンバーグに小さな旗を刺してしまったのを思い出した。

「なるほどね」

ピンときて、彼女は顎に指を添えた。

（二十歳でも中身はまだ少年の心が残っている、と……出しちゃった時に思い出して焦ったけど、機嫌を損ねなかったみたいでよかったわ）

ティミアは自己解決した。

それを見ていたネリィの笑顔に、『何か間違っていることを考えている気がするけど見守ろう』と書いてあった。


現実味がなかったせいで、そのあとしばらく夫の伝言を忘れていた。

秋が深まる前には入れ替えるという一部の屋敷の備品をモルドンとチェックしていた時、窓越しに空から何か大きなものが降りる影を見た。

「何かしら……？」

モルドンが「あ」と何やら思い出したような顔をする。

外に回ってみようかしらと考えて歩みを再開したティミアは、直後、急に窓が開けられてびっくりした。

「ティミアっ──」

「きゃあああぁあぁ!?」

突然かけられた声に、胸に抱えていた備品管理表をお守りのように抱きしめる。

「えっ、あ……クラウス？」

「お茶をしようと言っただろう。どこへ行こうとしていたんだ」

「どこって……外に回ろうかと？」

窓から身を乗り出しているクラウスが、疑問に顔をしかめる。

「そんなことであれば窓から──あ」

彼の視線がティミアのそばに移動して、顔色が青くなる。

ティミアもそちらを見た。そこにいるモルドンは笑顔だが――目が笑っていない。

「旦那様、あなた様は軍人ではなく、このガヴィウス伯爵家の正統な血筋であらせられます。そして今は、伯爵です」

「わ、わかっている」

そうだったなというニュアンスで、クラウスが両手を少し上げて窓から離れた。

意外にも少年時代、彼は窓から出入りしていたらしい。

（社交界より、軍人として訓練していたほうが長かったみたいね）

モルドンとの関係性を見るに、幼い頃の癖はなかなか直らなかったようだと察する。

けれど第一印象がとてもきっちりしていたし、堅実な伯爵であると感じていただけにクラウスのそんな一面は意外でもあった。

（そうよね、まだ二十歳、なんだわ）

年齢もだいぶ離れていると思っていたクラウスが急に身近に感じられて、ティミアはそわそわしてしまった。

モルドンに言われた彼が、外からサロン側へと回る中、ティミアもお茶休憩を促されておとなしく従った。


サロンは屋敷の西側にあった。

午後になると日差しが差し込み、全体的に明るい。

備えられている窓も大きく、敷地内の豊かな緑が視界によく入って落ち着く場所だ。

気候が寒冷な地域のため、育てる植物に限りがあるので、豊かな庭園を知っているティミアの目にはその風景がほんの少しだけ寂しく見える。

（まさに秋を感じさせる、というか）

植えられる花にも限りがあり、地域ならではの秋の花を領民たちは楽しんでいるとは、モルドンにも聞いた。

昔はどんな鮮やかな自然の景色だったのか、ティミアは少しだけ想像したが、もちろん口にはしていない。

「ドレスが届いたと聞いたが」

「あ、はい、届きました。とても丁寧な仕事をしてくださっています」

ティミアは視線を向かいの席へと戻したが、やはり日中の休憩場所にクラウスがいる風景に慣れなかった。

マントは外しているため、美しい彼が着こなすと軍服仕様の貴族服にも見える。

（隊長だから軍服が特別なんだわ）

じっと見つめて、ようやく繊細な違いに気づく。

「明日までに間に合わせて仕上げてくださったそうです。あとで、クラウスからもお礼を伝えていただけませんか？」

「わかった」

答えた彼はぎこちない。視線を泳がせているので、なんだろうと思って小首をかしげたら、ハタと気づいて視線を戻してきた。

「その、だな……」

「はい」

「君は……針子技術の目利きもできるのか?」

「今後役に立つと言って、母が教えてくれました」

母はベッドがある場所で過ごすことが多かった。ティミアはそこで、いろいろなことを聞かされたのだ。

母付きの侍女は、ティミアはまだ幼いので理解できないですよと、困ったように母に告げていた。しかし、その時にはすでに前世の記憶を思い出していたティミアは、裁縫が得意だったので楽しい話だった。

（糸の縫い口のこととかも、その時に見せてもらったのよね。私も前世でボタン直しとかしていたけど、取れにくい縫い方まで習得できてよかったわ）

懐かしく思い返す。

その向かいで、なぜかクラウスが手に顔を押しつけた。

「クラウス？　どうされました？」

「……いや、なんでもない」

気になってモルドンへ目を向けたが、彼は『尋ねないでください』と言わんばかりに首を左右に振る。心なしか目が同情を帯びている気がする。

クラウスは疲れているのかもしれない。

助けてくれる両親もいないせいで、普段の仕事量が異常なのだ。

日々彼は平然とこなしているが、ティミアが手伝わなかったら、こうして休憩時間を取ることもできなかっただろう。

「あのっ、他に何かお役に立てることはありませんか？」

「ごふっ」

クラウスが、気持ちを落ち着けるように口をつけたティーカップの水面を揺らした。

「あ、ごめんなさい、タイミングが」

「かまわない」

クラウスが口元をハンカチで押さえつつ、手ですばやく制してくる。

「君は……あまり苦労しなくていい」

「そんなわけにはいきません、私はクラウスの妻です。年齢なんて関係ありません。大丈夫です、任せてくださいっ」

書類作業ができることは証明した。

（どーんとこいっ）

そう思い、ティミアは胸を張ってみせた。

だが、クラウスが今度は椅子の肘置きに両手をついて、顔を背け背を丸めてしまう。

「あ、あの……？　クラウス？」

「健気すぎる……っ」

ツッコんではいけないとティミアは察知した。

（よほど疲れているのね）

なんてかわいそうなのだろう。

無理して立ち寄り、夫婦の『お茶』を実行したのかもしれない。婚約者でも交流の一環としてすることだが、義務ではないのだ。

「忙しい時は誘わなくてもいいんですよ。その、休憩できそうならクラウスに休んで欲しいとは思っているので立ち寄ってもらいたい気持ちはありますが――」

「立ち寄ろう」

「え？」

「善処する」

気のせいか、使命のごとくそう返答されている気がする。

クラウスの赤い色の目には強い意志の力が宿り、彼はティミアが聞き届けたとわかると、モルドンに早速スケジュール調整を要請していた。

「あのっ、ほんと無理はしないで――」

「妻との時間を持つべきだと部下たちにも助言をもらっている。俺も、そうすべきだろうと最近とくに考えていた」

最近、とティミアは心の中で繰り返した。

（よほどごはんが気に入ったのね……）

そのお礼がしたいのかもしれない。離縁の心構えがあると正面から向き合ったし、協力者であるとはクラウスにも伝わったはずだ。

「明日のパーティーでも、君をリードするよう努める」

先日は乗り気でなさそうだったのに、なんとも協力的だ。

その変化に内心驚きつつも、異国の社交界だ。知り合いが一人もいない中で味方がいるのは、ティミアも心強い。

重要人物の名前は今日までにすべて頭に入れたが、実際に顔と名前を一致させる作業は、パーティー会場でしかできないことだ。

それも含めて、ティミアは「お願いします」とクラウスに伝えた。

少し大人びすぎたかなとハタと気づいて心配したが、下げた頭をすばやく上げてみると、なぜかクラウスだけでなく、モルドンまで後ろを向いて顔に手をあてていた。


パーティーの開催当日を迎えた。

その日、クラウスは午前中だけ外で過ごし、昼食を共にしたのちは書斎で書類作業にあたっている。

その間にティミアは、夜のパーティーへ向けての準備だ。

覚悟していたが、湯浴みで髪や肌を磨き上げられ、出たあとは全身にオイルを塗ったりマッサージしたり――と大変だった。

（ろ、六歳なのに、恥ずかしいっ）

本来だと輿入れの際にするような作業だ。

幼女には不要というか、やりすぎではないかとティミアは思う。

しかしながら、メイドたちは「ガヴィウス伯爵夫人なのですよ」と言って、譲らない。

「同じ年頃の誰よりもかわいいです。金の髪も大変素晴らしいので、一番美しく輝くように仕上げてみせますわっ」

「え、輝くように？」

「金髪はそこまで多くないのですよ」

そばで手伝っているネリィが教えてくれる。

「高貴なる生まれのお方に、稀にいるくらいです」

「そうなの？」

「奥様は社交デビューの経験もないのですよね、ああいう場は目立った者勝ちであると大奥様も常々おっしゃっていましたわ」

それなら知っている。

後宮でいつも姉王女たちの身支度は騒がしいものだった。本来は自分で管理しなければならないのに、皆いつも、あの髪飾りがないだのいつものネックレスがないだの騒ぐ。

そのたび『捜してきて』と言われるのは、各側妃付きの侍女たちだ。

ティミアは、彼女たちが後宮内を走らされている様子を見かけるたび『またなの』と思い、同時に心配になったものだ。

（普通こんなにおしゃべりしてくれないけど、私のことを想ってメイドたちも言葉数を多くしてくれているのよね……ありがたいわ）

胸が、温かさにきゅっとなった。

母がまだ生きていた頃の専属侍女たちが思い出された。彼女たちもティミアが寂しがらないよう、おしゃべり相手をしてくれたものだ。

「うん。すべてみんなに任せるわ」

信頼しているから、きっと大丈夫だ。

シュミーズ姿でマッサージ台から起き上がったティミアは、続いてのドレスの着用についてメイドたちにそう告げた。

微笑みを受けたメイドたちが、どうしてかそっと手を口に運んで押さえていたけれど。

何やら『かわいい』『もえ』『シュミーズ姿も尊い』と聞こえたような気がしたが、きっと気のせいだろう。

（うん。私はただの六歳だし）

支度部屋へと移動した。

そこには、ドレスや装飾類がのった棚などが用意されていた。

ティミアを姿見の前に導き、メイドたちが早速仕事を始める。

「奥様、緊張はされておりませんか？」

「ドラゴンでご移動となりますので、わたくしたちは同行できませんが……」

「クラウスがいるから大丈夫です」

実のところ、ドラゴンに乗れることは楽しみにしている。

おかげでそれを考えている間は、緊張をほんの少しだけ忘れることができた。

「それに私には大事な目的があるの。クラウスが社交界でいじめられていないか、この目で確かめなくちゃっ」

社交の場は闘いであると同時に、貴重な情報収集の場だ。

国王の情報を得られないか、ティミアは少しだけ期待している。

今回の結婚を提案したのがもしエドリファス国王だとすると、なんのためにそうしたのかという疑問が生まれる。

クラウスはたった一人しか残っていないガヴィウス家の一族だ。

魔物に対抗できる優秀な部隊を引き抜きたい国の背景についても、モルドンから習った。

エドリファス国王が二十歳のクラウスを利用して彼の領地や戦力を奪おうと考えていたり、何かしら彼に害があることを企んだりしているのなら、ティミアは何か考えなければならない。

(使用人には相談できないのはつらいけど……)

自国の王を疑うような会話もしづらいだろうことも想像がつく。

それに、先日の『花嫁が来ない』のつぶやきでもやもやとしていたことも、はっきりさせたいと思っていた。

近場の貴族たちが集まるというのなら、クラウスの周辺環境はわかるだろう。

「まぁ、奥様頼もしいですわ」

「まだ六歳なのに、なんてお心も高貴なのでしょう」

メイドたちは誇らしげだったが、少しだけ気にしていることがあるみたいな表情だったのを、ティミアは鏡越しに見た。

(何かあるのかしら……?)

夫婦のお披露目をすると伝えた際、クラウスが浮かべていた戸惑いに近いものを感じた。

尋ねようとしたが、身支度が終わったことが外に伝えられた。

すると扉が開かれて、別のメイドが現れる。

「旦那様と、ドラゴンの用意が整いました」

そう告げられ、ティミアは室内にいたメイドたちに押される形で廊下へと出る。

みんなで一階に下りると、夕暮れ色に染まった西側の庭園に銀色のドラゴンが見えた。そこに目を奪われて数秒――。

「奥様、どうか心をしっかりお待ちになってください」

「――え」

「旦那様とガヴィウス伯爵家を、わたくしたちも、そして領民の誰もが愛しております」

どうしてそんなことを急に言ったのか、待っていたモルドンと男性の使用人にティミアを託し、外に歩いていくのを見送っていた彼女たちを見てもわからなかった。


モルドンと男性使用人たちに案内されて外を少し歩く。

屋敷の正面側にある庭園の一角で、クラウスは銀色のドラゴンの頭を撫でていた。

彼はいつもの見慣れた軍服ではなかった。首元の高さがある白いスカーフに、明るい色合いの紳士用の後ろ丈が長いコートもよく似合っている。

手袋も普段は黒なのに、今日は光沢を持った白いものだ。

（……か、かっこいいのね）

今までいろいろと必死だったが、改めて見てみると、クラウスはとてつもなく整った顔立ちをしている。

身長はすらりと高く、上品な舞踏会用の礼服を着こなす品も兼ね備えている。

軍服を見慣れているだけあって、なんだか妙な感じだ。

ふっと気づき、クラウスがティミアのほうを向いた。

「とても、よく似合う」

一瞬、なんのことかわからなかった。

「昨日、言われた通り仕立て屋には感謝の手紙を送っておいた」

「あっ、ああドレスですねっ、そ、そう、とてもかわいく仕上げていただきました」

ティミアのドレスは、スカートに数色分の桃色のレース生地まで使われて大きな膨らみがつくられていた。胸元には薔薇《ばら》の装飾の代わりに、生地でつくられたハート形のデザインが施されている。全体的にフリルもたっぷりだ。

かなりかわいいが、許されるのはこの年齢くらいまでだろう。

(堪能しなくちゃ損よね)

もじもじしつつ歩み寄ると、クラウスが首をかしげる。

「緊張しているのか？　大丈夫だ、白銀色のドラゴンは遠距離用で、一番速く飛ぶが、騎竜した人間を風から守る力を持っている。それを発動させるくらいに優しい性格だ。ほら、触ってみるといい」

彼が撫でているのを見た時から、触ってみたいとは思っていた。

(嬉しい提案をしてくれるわね)

優しい性格、というので安心感もある。近くでドラゴンを見ているとわくわくしてきて、ティミアは緊張しつつ近づいた。

「そ、それじゃあ……失礼します」

ブルーの瞳がとてもつぶらで、素敵だった。

そこに目を奪われていると、気づくと彼女の手は、ドラゴンに鼻の上に触れていた。

「きゅるるるぅ」

「あっ」

大きいからどんな声で鳴くのかと思ったら、ずいぶんかわいらしい声でドラゴンが鳴いた。

「どうだ？」

「思っていたより硬くて驚きましたが……皮膚がやわらかい箇所もあります」

「そこを撫でられると喜ぶ」

「なるほど、それでこんなにつるつるサラサラに？」

ドラゴンの生態はよくわからないので、首をひねりつつ、先程クラウスが撫でていた頬のあたりに手を滑《すべ》らせる。

するとドラゴンは、猫みたいに喉を鳴らした。ティミアの小さな手に『もっと撫でて』と言うみたいに頭を寄せてもくる。

（……いえ、これ猫では？）

ティミアはゴロゴロ喉を鳴らしているドラゴンを前に、真剣に考えてしまう。

「さ、行こうか」

そんなことを考えていると、不意に体が浮いた。

「きゃっ」

「旦那様っ」

叱りつけるような慌てたモルドンの声が聞こえた。クラウスがティミアの左右の脇に手を差し込んで、ひょいと抱え上げたのだ。

「奥様はレディですっ、姫であらせられますっ」

「子供だろう？　何が問題なんだ」

モルドンは頭痛が起こったみたいな表情で、ああでもないしこうでもないしと説明の言葉を探している。

ティミアはショックで固まっていた。

（私……六歳だけど、中身は成人女性なんです……）

父にされた時はまったく疑問に思わなかったが、彼以外の異性にされていることに、体が衝撃を感じて動けない。

それを、ティミア自身が感じていた。

普通は従姉妹などにしたりはするが、確かに血のつながりがない女児をこんなふうに抱き上げることはまず、ない。

（モルドンの言葉がよく理解できていないのを見る限り……クラウスって、少し女心の学びが不足しているのを感じるわ）

たぶん、周りが男だらけだったからだろう。

メイドがティミアを抱き上げている光景がたびたびあったのも原因な気がする。

モルドンはいくらか説教を兼ねて説明をしていたが、男性の使用人に懐中時計を示されて声をかけられると、諦めたようにため息で締めた。

「飛行時間を考えると、もう出立しなければなりません。お気をつけていってらっしゃいませ」

「ああ、留守は任せたぞ」

クラウスは彼にそう言うと、ティミアをドラゴンの長い首の根元近くに座らせ、自分はその後ろにひょいっとまたがった。

「行こうか」

「きゅるるるるぅっ」

手綱を握られた途端、白銀のドラゴンが嬉しそうに鳴く。

ドラゴンが翼を左右に大きく広げた。それはこうもりの翼に似ているが、上側に白銀の美しい鱗がついているところが違っている。

上から見ると、それは弱まり出している夕焼けの光に、きらきらと反射して輝きをこぼしていた。

「わぁ、綺麗」

ティミアがそう口にした声に、羽ばたく音がかぶさる。

モルドンたちが後退していく中、ドラゴンが翼を上下に動かし、宙へと浮いた。

そうしてドラゴンが首を上空の夕焼け空へと向けた時、次の力強い羽ばたきと共に、一気に上空へと飛び上がった。

ティミアは驚いて首にしがみついた。後ろからクラウスが片腕で支えてくれる。

そんなこと、ドラゴンにはおかまいなしらしい。大空を飛べるのが嬉しいのか、前方に視線を固定するなり、今度は力強く前進を始めた。

「きゃあっ」

ぐんっ、と加速した感じがして、背がクラウスのほうにつく。

「大丈夫だ、まぁ最速のドラゴンなので、移動ではどの子供も怖がるが」

「この速度の竜も、よく使われるのですか？」

怖くて気をそらすように質問した。

「この国ではドラゴンで移動することはもう知っているな？」

「は、はい」

「最速の銀色のドラゴンだと時間短縮にもなるからな。子供が乗っても風に煽られて落ちる危険性も少ない。魔物に遭遇する確率も減るからドラゴン便にもよく使われている、まぁ白銀のドラゴンを指名する場合は、少々値が張るが」

「はぁ、ドラゴン便……」

「決められた目的地まで往復するようしつけられたドラゴンたちだ」

「なるほど」

そういうことも可能であるらしい。

そこまで行くと、まさにドラゴンと共存している国だと実感する。

（私の国だと〝武器化の力〟で作られる〝結界通路〟があったりするものね。移動も、国柄が出るのはどこも同じそうね）

不思議と髪を揺らす風は穏やかだ。

これがクラウスの言っていた白銀のドラゴンの〝力〟なのだろう。

そう思ったティミアは、銀色のドラゴンのドラゴンらしい咆哮《ほうこう》を聞いた。つられて、ふっと前方へと視線を戻す。

「あっ……すごいわ……」

ティミアは視線を正面に向けたところで、西に今にも沈んでいく太陽と、東の空から訪れる夜の調和に目を奪われた。

はるか彼方の空の上から眺めるその光景は――とても美しかった。

眼下には多くの自然と街並みが続き、ずっと向こうには、半分星空の背景を背負った山岳がある。

「ようやく怖さはなくなったか？」

「あ、はい、少し……」

「俺もこの光景が好きだ。だから、ドラゴンに乗るのも好きなんだ。ドラゴンたちも好きでな、人間に見せたがる」

「ドラゴンは人間のことが大好きなんですね」

「ああ。昔、俺たちの国の人間は、ドラゴンライダーと言われていた歴史があるからな。それはドラゴンたちがこの国の人間が好きだという特徴も関わっている」

なるほどとティミアは納得してしまった。

間もなく、白銀のドラゴンは山岳の上を悠々と越えた。

すると、そこは夜の光景一色になっていた。

白銀のドラゴンは咆哮を上げて一気に加速した。その、空にビリビリと響く咆哮を怖いとは感じなかった。

(不思議だわ。触れているとより、感じる気がする)

人間が大好き、その言葉が、ティミアにドラゴンの喜びを伝えてきた。

「俺が手綱を握っているから心配はいらない」

「はい」

クラウスがティミアの腹に回した腕で、自分のほうへぎゅっと引き寄せてくれる。

(かっこいい人ね)

安心できるたくましい腕だなとティミアは思った。

二十歳はまだまだ少年の心もある——そんなことを思っていたのはつい先日のことだったが、彼は頼りになるガヴィウス伯爵なのだと感じた。

大空を飛んでしばらくすると、同じように各方向からドラゴンたちの飛行が見えてきた。

数はどんどん増していった。大きさも色合いも様々なドラゴンたちが、同じ方向を目指して飛ぶ姿は圧巻だ。

王都の場合だと、近くの者は馬車で来るという。

秋の社交シーズンでもあるので、屋敷がある者はそこに滞在しているそうだ。

今回は同じく山々を持った領地なので、近くの者たちもドラゴンで来ているのだとクラウスは教えてくれた。

（んん？　子供の姿が見えないような）

ふと、ドラゴンたちの距離が近くなってそうティミアが気づいた時、白銀のドラゴンも周りのドラゴンたちとタイミングを合わせて下降を開始していた。

そこは寝静まった民家の向こう、裏に山を構えて立つ大きな屋敷だからすぐにわかった。

（あれが、バクゼクト伯爵邸……）

夜の中で一番の輝きを放っていたから目印になっていた。

贅沢にも中央通路に、大きく敷かれた水場と噴水は、これでもかと言わんばかりに明かりに照らし出されている。

左右に広がる各庭園も、夜の暗がりに抗《あらが》うくらいのまぶしさに溢れていた。

「この形、一伯爵家では珍しいですね」

「ああ、王城のデザインを真似《まね》ているからな」

「王城の!?」

「たまに侯爵家や王家も招く」

「はぁ……それだけご活躍されているのですね」

「いや、彼は部隊員としては参加していない。部隊はあるが、領民を魔物から守るので精いっぱいでな。周囲から応援が向かう手はずになっている。近隣で指導できる者が部隊の育成にもたずさわっているんだ」

財は持っているのだろう。

とはいえティミアは、周りが大自然に囲まれている場所なのに、あまりに金がかかっていそうな凝ったきらびやかな屋敷に、いい印象を抱けなかった。

恐らく、元々予定されていなかった建造物なのに、無理やり増築して王城に寄せている感じだ。

それもちょっと苦手意識を覚えた。この手の人間を、ティミアは知っている。

「頭が回る方なのですか?」

言葉を選び、慎重に尋ねた。

するとクラウスは、考えるふうに空を見る。

「まぁ、そうだな。領主として考えておられるお方だから、陛下からも信頼されているのだと思う。人望もあるし」

はっきりと悪いことを言ってこないので、ティミアは何も言えなくなった。

クラウスに真っすぐな騎士気質や堅実さがあることを考え、信じやすいところもあったら、と少し心配になる。

(私には……信用に値する人物像が浮かばないのよね)

見栄を張るように金ばかりかかっている屋敷を見ると、貢献と実績を我が物顔で自分のおかげだと主張して横取りする図太いタイプ、といった狡賢い人間の可能性が脳裏をよぎる。

後宮でそんな人ばかり見ていたせいか、王城に寄せられたという屋敷を見ても、なんだか好きになれそうにない。

屋敷に近づくと、縦長の水場の脇で、私兵が上げている声が聞こえてきた。

「ドラゴンはこちらへ――」

彼らは魔法灯がついた棒を振って、ドラゴンたちの着地点を誘導しており、続々とやって来る貴族たちの対応にあたっている。

クラウスも、そこへ白銀のドラゴンを滑らせるようにして降ろした。

すぐに私兵たちが集まり、彼から手綱を受け取る。

「ガヴィウス伯爵夫妻、お待ちしておりました」

告げた私兵が戸惑ったように言葉を止め、ちらりとティミアを見た。

「えー、大国エゼレイア王国のティミア王女殿下であらせられるとは存じております。その、我々で降ろしてもよろしいのでしょうか。ドラゴンの乗り降りはまだ慣れていないと思いますので……いかがなさいましょう？」

告げた私兵の後ろで、同じく他の者たちも戸惑っている様子だ。

つまるところ『触れて不敬にならないか』と、エゼレイア王国の王族の対応をしたことがない彼らは確認しているのだ。

すると、クラウスが手で制した。

「不要だ。妻は俺が降ろす」

「はっ、承知いたしました！」

私兵がすばやく敬礼をする。周りの者たちも邪魔しないよう背筋を伸ばして同じ姿勢を取り、同時に距離を取った。

彼らの頬が上気している。

その様子からして、クラウスがかなり尊敬されているのは伝わってきた。

「ティミア、少し我慢していてくれ」

「ふぇっ」

彼は返事も待たなかった。後ろから両腕を回してきたかと思ったら、クラウスは軽々とティミアを持ち上げて、そのままドラゴンの背から飛び降りた。

（――あ、空気が違うわ）

ふと、ティミアは気づく。

白銀のドラゴンの背にいる間は〝力〟が働いているせいか、遮断されていて気づかなかった。

肌寒かった領地と違って、ここの夜風はほんのりと暖かい。

領地を越えるだけでこんなに違うのかと、ティミアは密かに驚く。

秋の社交シーズンに突入したばかりというから、もしかしたらここは、まだ秋の気配が訪れた頃なのかもしれない。

クラウスはティミアを丁寧に地面へと降ろした。

ずいぶん上にある彼の顔を見上げ、ぱちりと目が合った途端、普段よりも気遣いがうかがえる彼の綺麗な顔に、どきりとした。バクゼクト伯爵邸が放つ光のせいだろうか。

「かわいいドレスを着ているのに、すまなかった」

とても心を砕いてくれているように感じるのは、気のせいだろうか。

「い、いえっ、問題ありませんっ」

ティミアは慌ててスカート部分を撫でつけた。恐らく、自分が触れるわけにはいかないだろうと悩んでいたのだろう。

子供サイズのドレスだ、少しはたくだけで形も戻ってくれる。

「もう大丈夫です」

メイドがいなくても元通りだと示すように、手を広げて衣装を見せてみる。

クラウスが微《かす》かにほっとしていた。

（ふふっ、感受性は豊かみたい）

なんだかティミアはほっこりしてまった。

妹もいないから、女性服の直し方も経験がないのだろう。子供相手なのに『どうしたら』と彼が内心焦っていたのを想像すると、その誠実さにも好感を抱く。

出会った時から堅苦しい感じがあったが、たんに感情表現に不器用だったのかもしれない。

（到着の挨拶でつっぱねられたように感じたのも、私の勘違いだったのね）

思い返してみれば、ただのぎこちなさだったのかも――。

「それでは、行こうか」

「はい」

白銀のドラゴンが移動されていく中、クラウスが手を差し出してきたので、ティミアはこれからのことはしっかりこなすからと伝えるように彼の手を強く握り返した。

身長差のせいでクラウスの腕には届かないので、手をつなぐしかない。

屋敷の入り口には、たくさんの貴族たちが中に入っていく姿があった。見る限りでは社交デビューしてレディと呼ばれる十五歳以上、もしくは成人の男女だけだ。

そのせいか、ちらちらと目が向くのを感じる。

そのうえ――一度見たら目を離せなくさせてしまっている原因は、自分のドレスだろうとティミアは思った。

(うぅ、見られているわ)

いかにも子供らしいかわいさの塊と言わんばかりのデザインで、そのうえティミアの金髪にはフリル付きのカチューシャだ。横には桃色の造花の髪飾りがついている。

(子供がいないなんて想定外だったわ)

一番近い社交で、とモルドンに尋ねた際、領主同士の社交なら必要だしタイミングもいいじゃない、なんて気楽に思ったが、よくなかったようだ。

年齢のためか、この国の王に謁見しなければならないという要請もない。おかげでいよいよこの国の王への疑惑が増していたのだが、王に会える舞踏会を待てばよかったのかもしれない。

——なんて後悔は、もう遅い。

(来てしまったからには仕方ないわ)

ティミアは顔を上げる。


入り口にたどり着き、係員に招待状を見せて、クラウスと建物の中へ入る。

係員が案内する大広間を目指し、みんなが同じ方向に進んでいく。彼らに続き、ティミアたちもパーティー会場に入った。

(うわっ)

会場を進みだした途端、談笑していた貴族たちの視線がクラウスに集まる。

「――ご結婚されたとか」

「――パーティーに顔を出すのは久しぶりじゃないか？」

「――ガヴィウス家の〝騎士伯爵〟か」

周りから聞こえてくる単語を集めるに、彼が注目されている立場なのはわかった。

「一族揃って英雄の」

「ディロイ様はお会いになったのは初めて？」

「ああ、前ガヴィウス伯爵もご多忙なお方で、顔を合わせるご縁はなかったな」

一族揃って魔物討伐の英雄。

ガヴィウス伯爵家というのは、魔物討伐では有名な一族らしい。

（私、とんでもない人に嫁いできちゃったのかも）

ティミアの国では〝武器化の力〟が物を言ったが、こちらも魔物に対抗できる力を持った者と一族が一目置かれるらしいと感じた。

組織を有している貴族も重要人物とされているみたいだが、クラウスのドラゴン操作と剣の腕についても話している声が聞こえてくる。

――魔法剣。

ふっと聞こえた単語に、そういえばとティミアは思い出す。

（魔法使いのいる国が魔物を倒せるように作った剣ね）

ティミアの国は、各武器を使用する際に同行した能力者によって〝武器化の力〟をかけるので、魔法剣の輸入はされていない。

魔法使い以外が使うと、かなり体力を消費するとは聞いていた。

左右に溢れた人々から一気に始まったクラウスの話題に耳を傾けるに、彼の部隊はそれにもある程度の耐性を持っている精鋭部隊として認識されているようだ。

そういう部隊は他領地から応援要請がくるみたいで、それを受けつけられる部隊は、国王が王家御用達《ごようたし》の紋章を与えたところに限定される、と。

「王家の精鋭部隊の――」

そんな言われ方をされている部隊の一つであるらしい。

それは話を深く聞いてみたいものだ。とはいえ自国での社交デビューも果たしていない六歳の姫だ、経験が少ないので緊張する。

(これからたくさん話しかけられたりするのかな?)

話しかけられるのなら、この国のこともあれこれ聞き出すつもりではいる。

(――あれ?)

だが、赤い絨毯の中程に届いても歩み寄ってくる貴族の姿はない。

歩くクラウスを呼び止める者はいなかった。声をかけるのを迷っているのかなと初めは思ったのだが、近くの貴婦人たちは口元に扇をあてて、いかにも『話しかけません』と意思表明までしているみたいだ。

ティミアは、なんだか胸がもやもやした。

華やかなパーティーであるのに、一部、妙なよそよそしさを感じる。

「ティミア、彼が主催者のバクゼクト伯爵だ。このアーノルドラン領の主だ」

隣からそっと囁《ささや》きかけられて、ティミアはハッと視線ごと意識を前方に戻した。

初めに主催者へ挨拶するつもりであったらしい。

いつの間にか人々が左右に少しよけ、赤い絨毯の先が見えた。

そこには薔薇が添えられたワインボトルなども用意された主催者用のテーブル席があって、向かってくる夫妻の姿がある。

「これはこれはガヴィウス伯爵！」

「お会いできるのを、夫と共に楽しみにしておりましたのよ」

「先月ぶりですね――」

クラウスが向こうから声をかけてきた二人に軽く手を上げ、双方が近づきながら何やら言葉を交わす。

だがティミアは、クラウスの脇から、伯爵夫妻の向こうに見えるテーブルのほうを注目してしまっていた。

（なんでウエディングの新郎新婦席みたいに華やかなテーブルがあるの？）

わけがわからない。

パッと見た際、そのテーブルや雰囲気の豪華さから、王族が数段高い所から歓談の様子を見守る特別席がティミアの頭の中に浮かんだ。

それが、床に移動したみたいな違和感だ。

ティミアは屋敷の正面からしても『王城の真似っこ』という感想が浮かんでいたので、不快感を覚えた。嫌な予感がしてくる。

「結婚おめでとうガヴィウス伯爵。夫婦共々喜んでいるところだよ」

「すぐに祝いの手紙をありがとうございました」

もしやと思いながら、バクゼクト伯爵に向き合うことにする。

同じ伯爵位にしても、活躍と持っている力からするとクラウスのほうが格上に思えるのだが、バクゼクト伯爵は部下に対する態度みたいに鷹揚《おうよう》だ。握手のため手を差し出したクラウスに、偉そうな態度で『夫婦共々』と言った。

(仕事ができない社長と、その社長妻って感じがするけど……?)

ティミアは前世の職場環境が重なり、いよいよ緊張さえも薄れる。

「とてもかわいらしい姫ですな」

相手がそう声をかけてきて、先に夫婦で名乗ってきてしまった。

そうされるとこちらも名乗らなければ失礼だ。

なんとなくすっきりしない気持ちがして、ティミアは子供扱いされるのは嫌だと感じ、クラウスがいない側のスカートを持ち上げレディとして挨拶をする。

「クラウス・ガヴィウスの妻、ティミアです。エゼレイア王国、カークライド国王の王妃の娘です。このたびアルジオラ王国の人間となりました。夫と共によろしくお願い申し上げますわ」

見事な挨拶にバクゼクト伯爵夫妻はびっくりしたような顔をした。もちろんクラウスもだ。

(これで少しは安心させられたかしら?)

姫なのでそれくらいの教育は受けている、と思ってくれているのなら、子供らしくないなんて驚かせはしないだろう。

すると、バクゼクト伯爵夫妻は途端に態度を一変させ、クラウスの時と違って少し腰低くティミアに言葉を返してきた。

「姫君におかれましてはご機嫌麗しく――」

ややや早口でかけられる言葉は、どこか弁明みたいに聞こえた。

（なんだろう、嫌な感じだわ）

続いてバクゼクト伯爵は、大急ぎで娘や息子や親族たちを呼んで、挨拶しなさいと促した。彼らも貴族として作法は身についていたが、やはり傲慢さが抑えきれず表情や声に滲んでいるようにティミアには感じられた。

彼らは挨拶にとどめ、すぐに離れていった。

だからそれだけの会話では『どこがどう』という胸のもやもやの正体がはっきりしなくて、ティミアは後味の悪さのようなものが残った。

「いつも助かっているよ。本当にありがとう」

バクゼクト伯爵と彼の妻が残り、少しだけ立ち話となった。

クラウスには部隊で世話になっていると口にしているのに、聞いているティミアとしてはなぜだか感謝がまったく感じられない。

「身分の高い人も他に来ているものだから」

パーティーに来てくれたことに感謝すると言ったバクゼクト伯爵は、思わせぶりな言葉で申し訳なさそうに告げて、妻と共に去っていった。

（まだはっきりとしないところはあるけど――あまり深くは関わらないほうがいい気がするわ）

ああいうタイプは後宮にもいたから知っている。

クラウスが彼らとどのような付き合いがあるのかあまりわからないが、隣接している領地の一つであるとはいえ、信じるのは賛成しかねる。

「あの、クラウス——」

「すまない。少し待っていられるか？」

見上げたと同時に、隣からクラウスの視線と声が降ってきた。

彼は次の方向に気が向いているらしい。ティミアはパーティーの主催者であるアーノルドラン領の領主、バクゼクト伯爵、そしてその妻になんだか嫌な感じがしたことは言わないでおくことにした。

「ええ、急ぎでしたらご自由に」

「本当に大丈夫か？」

そばを離れがたいらしく、彼が顔に迷いを浮かべる。

「これくらい全然平気です。社交はお遊びではないのですから、仕事があるのならさっさといってらっしゃいませ」

「心強いような、なんというか……」

「私、こう見えてもカークライド国王の娘ですよ」

ひとまず適当に言ってクラウスの背を押した。

六歳なので心配なのはわかるが、彼の邪魔になってしまうのだとしたら本末転倒になってしまう。

（まぁ私が逆の立場でも、心配にはなっちゃうかも……）

会場に他の親族がいるわけでもない。

クラウスを見送りながら、周囲から集まる視線に『変な構図にしてごめんなさい』とクラウスの背にひとまず謝っておく。

（そもそも六歳でこの場にいるのがおかしいのだけれどねぇ）

クラウスが心配しないよう、飲食コーナーを目指すことにする。

歩きだしながら、ちゃんと意識を社交に向けているかしらと心配になって肩越しに彼の様子を盗み見た。

その際、クラウスの視線が鋭くどこかを見ていることに驚いた。

（え、何？）

その方向は、気のせいでなければバクゼクト伯爵夫妻が歩いていった先だ。

クラウスの父とも仲がよかったというふうに話していたが、あれは彼の社交辞令だったりするのだろうか。

（……何か、あるのかな？）

クラウスのあんな厳しい横顔を見たのは初めてで、気になった。

だが、わっと人々が押し寄せて驚く。

「エゼレイア国の姫君にご挨拶申し上げますっ」

「わたくしハグゼン家の次女、セシアと申しますわ、お会いできて嬉しく存じます」

「ご婚姻のことは父からも聞いておりました。私は財務省所属の――」

待って。待って欲しい。

（いきなりどうしてこんなに忙しくなるの！）

周りを取り囲まれて挨拶の嵐がきて、ティミアはお粗末さが出ないよう名乗り返していくのに精いっぱいだった。

そもそも六歳だ。押し寄せられても、大変困る。

「あ、あのっ、急に歓迎ムードになられて困惑しているのですけれどっ」

大人の人、人で呼吸が苦しくなって、呼吸を求めるように息継ぎをしながらつい叫んでしまった。

みんなが『あっ』と悟ったみたいに少し離れてくれる。

「こ、これは申し訳ございません姫様……」

素直に詫びられて、ティミアのほうこそ悪いことをした気分になった。

先程のバクゼクト伯爵と違い、彼らの眼差しは、隣国から嫁いできてガヴィウス伯爵家の女主人となったティミアと仲よくしたかっただけなのだと伝わってくる。

王城での挨拶もまだなのだ。

機会があれば、先に顔見知りになっておきたいというのも、少し考えて思い至った。

「出席されると聞いて、ご挨拶ができればと参加したのです」

「わたくしもです。強国にして大国エゼレイア王国からいらしたとのことで……いえっ、たった六歳で侍女もないというので気になったのも事実ですわっ」

「よろしければ我が家から侍女をご紹介できればとも思っていますが――」

そんな提案を考えていたという紳士もいた。

ティミアの顔を見るのを目的に出席を決めた者たちも多いみたいだ。そう推測したところで、ふっと嫌な気持ちが再熱した。

（とすると、バクゼクト伯爵はそれをだしに人を集めたわけ？）

パーティーというのは、金が集まるものである。

貴族にとっては商売にもなる場だ。新しい客や仕事を求めて出席してくる貴族たちも多い。

「ティミア様？」

「はっ」

つい、明後日のほうへ考えが飛んでしまっていた。

「なんでもありません。独りで心細かったので、皆さまにお声をかけられて嬉しく思います」

みんなが途端にほっとする。同時に、感心された。

「姫君はよくできていらっしゃる……」

「さすがはガヴィウス伯爵家が射止めた王家との縁談……」

ガヴィウス伯爵家、と聞いてティミアは思い出した。

パニックになってしまったのは、頭に入れた貴族名が、実際の顔とまだ一致させられていないところにある。

クラウスに会場で教えてもらいながら、というのを予定していた。

「仲よくしたいのであれば、夫と一緒の時でもかまいませんのに」

当初の妙な空気を思い出し、探るようにそう尋ねてみた。

すると、近くに集まっていた男女は言いづらそうに視線を交わすにとどめる。

（いったいどういうことかしら？）

たかが六歳の末姫だ。

他国に『強国』と言われていようが、ティミアと個人的に仲よくしてもすぐに得られる利益というものは、ない。

ティミアがせめて、あと十年ほど上の年齢であればガヴィウス伯爵夫人として権力を持ち、事業面でも有益な取引相手になれただろうが。

「あーら、皆様、先にご挨拶をされて嫉妬いたしますわ」

その時、近くにいた令嬢たちが肩をこわばらせる。

見上げている形だったから、ティミアは緊張する顔もよく見えた。

男たちが振り返り「おぉ、これはこれは」と歓迎するような声を上げる。彼らが開けた空間から進み出てきたのは、真っ赤な髪を新しい感じに低い位置で巻いた気の強そうな令嬢だった。

「わたくし、二つ隣のバラベラッド領を見ているバードレオ・ウェスレリオの妻、ジェシカですわ」

前に来たその女性が、扇をぱちんと閉じる。

ティミアはすぐ、目上に対する挨拶の姿勢を取った。

「はじめまして、クラウス・ガヴィウスの妻ティミアです。高名なウェスレリオ伯の奥方に会えたこと、光栄です」

ティミアがスカートの左右を持って見事なカーテシーを見せると、ジェシカが初めて挑発するような笑みを止めた。

周りの大人たちも「おぉ」と尊敬の念で見つめる。

「さすがは大国の姫……」

「このご年齢でなんて聡明なのでしょう……」

それはジェシカに対して、警戒心を覚えたがゆえだった。

（お姉さまたちと同じにおいを感じるわ）

それでいて、姉たちと違い、かなり頭がいいのも察知した。

見た目がまだ十代後半といったところでありながら、まさにジェシカはやり手で、社交界の華なのだろう。

目を少し見開いていたジェシカが、扇を開いてにこっと笑みを浮かべる。

「こちらこそ、姫君にわたくしと夫のことを知っていていただいており光栄ですわ。頭のいい子は好きですの、どうぞ今後とも仲よくしていただきたいですわね。なんとも将来が楽しみです」

社交界で力を持つ夫人の一人に気に入られたことに、ほっとしたティミアは、ふっと気づく。

（そういえばみんな、さっきから姫、姫君って――）

先程からみんながティミアをそう呼ぶ。

「姫君とはいずれまたお話ししたいですわね」

周りの夫人や令嬢たちがうらやむような吐息をもらす。

ティミアが自分から行かなくても、みんなから言葉をかけてもらえたのは、どうやらこのパーティーで得られた大きな成果の一つのようだ。

とはいえティミアは、ジェシカの賢い目に浮かんだ笑みに注目していた。

（彼女、何か伝えたいみたいだわ）

本命は別にある。そう思って言葉を待っていたら、合格点だったようだ。

ジェシカが美しい笑みを意味ありげに深めて腰を屈めると、ティミアの耳元にそっと顔を寄せて、囁く。

「あなたは歓迎されておりますわよ。わたくしも夫も、ガヴィウス伯爵が正しい人であることを知っていますが、少数派です。夫を成功に導きたいのならがんばるしかありませんわね。そう六歳の姫君に言うのは、少しわたくしも胸が痛みますけれど」

早口に告げられた。

これは――助言だ。

「それから周りにいる貴族たちはバクゼクト伯爵より、そしてガヴィウス伯爵よりも立場が低いです。本音を言わない聡明さは持ち合わせている方々、ということです」

だから先程クラウスのことは何も言えなかった、と。

ジェシカが屈めていた腰を戻した。扇を再び口元にあてると、挑発的な笑顔でまるで話の続きをしているみたいに言ってきた。

「わたくしの夫はとても忙しい人ですの。本日は代わりに顔を出しましたので、予定があるためこちらで御前を失礼させていただきますわね。魔物が多くて大地が〝食われて〟いるところも目立つ場所、そこに嫁がれた姫君に幸あらんことを願いますわ」

「食われる?」

「秋しかなくなって、このままでは冬しか残らなくなるとか。姫君にはおつらい場所かと思いますが、応援しております」

ジェシカが『姫君』という言葉をやけに強めてくる。

（この場でクラウスの名前を出すのは得策ではない、と教えているのね。自分で考えて理解しろだなんて、私、結構彼女が好きだわ。彼女みたいな人が姉だったら張り合いも勉強になることもたくさんあって楽しかったかも）

でも、どうしてクラウスの名前を出さないのか。

ティミアは、去っていくジェシカの背を見つめて考える。

この国の貴族たちは、魔物の侵略によって荒らされ、春と夏がない土地は不便も多くて住みたがらないのは理解できる。

（身分が低いから言わないだけで、みんなクラウスに対して尊敬とは別の感情を持っていると？どうして？　魔物と張り合える人間は国の宝で、英雄なのに――）

その時だった。

「おぉ、幼い姫君には怖かったことでしょう！」

大きな猫撫で声にティミアは肩がはねた。

声からして嫌な感じを受け、振り返ると、先程見たバクゼクト伯爵夫人がいる。

クラウスが正しい人だと知っているのは少数だと、ジェシカは六歳だからこそティミアにわざわざ忠告をしてくれた。

ティミアは警戒しつつ、バクゼクト伯爵夫人に尋ねてみる。

「あなたはジェシカ様をご存じなのですか？」

「ええ、ええもちろんです。社交界の毒の華の一人といえば彼女ですわ。いじめられていないか、心配になりまして」

まるで娘を思うみたいな気持ちで駆けつけたと言わんばかりだが、ティミアには、舌なめずりをしているみたいな気持ちの悪い笑みに見えた。

「おかわいそうな姫君。ここだけの話、よいお人ではありますが、ガヴィウス伯爵は残酷でございますものね」

もったいぶったような様子で、バクゼクト伯爵夫人が頬に片手をあて、周りの貴族たちを見る。

ティミアを取り囲んでいた貴族たちは賛同を求められ、実はそうなのだという具合にみんなが頷く。

(――は?)

ティミアは全身の血が逆流するような熱を覚えた。

(この人、クラウスにはあれだけいい顔をしておいて、自分のところに来ている貴族にはそう説明しているわけ?)

何より、魔物と戦う勇敢な騎士を『残酷』呼ばわりしたのが、許しがたい。

ここはティミアがいた国とは違い、戦争の英雄に対してそういう感情を持つ国民もいるのだと痛感させられた。

するとバクゼクト伯爵夫人が腰をかがめ、顔を近づけてくる。

「六歳で嫌われ者の伯爵に嫁ぐなんて、おかわいそうに」

――嫌われ者。

(クラウスが?)

堅実すぎてお堅いというか、不器用なところはあるが誠実な人だと思う。

一緒に食事をした時に彼が見せる素顔や、うまく伝えたいけど伝えきれずに『うまかった』と一言告げた際の表情も、初々しい二十歳の顔だった。

「年頃になられるまで預けられている形になっていると思います、我が一族には結婚していないよい役職の男もいますので、行き先を探しているのなら、ぜひ我が家も検討に入れていただけると幸いです。姫君のお力になりますわ」

求めてもいない助けを、さもあるかのように捏造したうえで子供を丸め込もうとするかのような扇動に、嫌悪感が走った。

なんて欲深い人だろう。

ティミアは思わずドレスのスカートの横で拳を固めた。

バクゼクト伯爵夫人も勝手にこのように動くぐらい考えなしのようだ。

もしこれがティミアの国の社交の場だとしたらバクゼクト家はそのままではいられないし、へたすると火の粉がかかる。

こういう相手とは付き合わないに限る。

ティミアは、ニヤリとしたバクゼクト伯爵夫人を見上げた。

(私を取り込めると思って話しかけにきたみたいだけど、おあいにくさま)

その手には乗らない。いや、乗ってなんかやらない。

そう考えたティミアは、次の瞬間にはきょとんとした表情を作ると、それからあどけない笑みを浮かべた。

「私は六歳なので難しいことはわかりません」

「え、あ、姫君っ」

「ごめんなさい。クラウスは優しい兄さまみたいで大好きなので、彼の元へ行ってきますね！」

ティミアは兄様大好き、なんて口にしたのは生まれて初めてだ。

けれど嫌な感じはしない。クラウスのためだと思ったら、それくらいの社交辞令だってすんなり言えた。

（離縁のことなんて、しばらく絶対考えないわ）

スカートを持ち上げ、ティミアは小さな体をいかして人々の間を潜り抜けていく。

先日はクラウスと仲よくなるために提案したが、彼も王命を断る考えなんてなかったらしいとはわかった。

けれど、この先彼の考えがどう変化するのかはわからない。

クラウスもまだ二十歳だ。両親を失って落ち着く暇がなかっただけで、いずれは一人の女性に心が定まるだろう。

（クラウスが妻にしたい女性ができるまで、私から離縁のことを口にすることはないし、それまで彼の絶対の味方としてそばに居座るわ）

残酷だのと、ばかばかしい。

むかむかしながら元いた場所に戻ると、ちょうどクラウスも戻ってくるところだった。

「何かあったのか？」

顔を見た途端、クラウスが駆け寄ってくる。

「ウェスレリオ伯夫人を見かけました？」

「……いや？　彼女がどうかしたのか？」

面識はほぼないみたいだ。少し思い出すのに時間がかかったクラウスを見たティミアは、とくにその話題には触れないことにして首を左右に振る。

でも、直前にあったことを思い出すと頭が重くなり、そのままうつむいてしまう。

クラウスの顔色が変わった。

「まさか……俺のことで、何か言われでもしたのか？」

どうしてあてててしまうのだろう。

ティミアは悔しく思ったが、ふと、そもそも彼が今回のパーティーには乗り気ではなかったこと、そしてメイドたちの様子も思い出した。

「どうして残酷だなんて言われているんですか」

納得いかないままクラウスを見上げて、思ったままに言った。

彼は、誠実な眼差しの強さを変えないままティミアを見つめ返してくる。

「魔物を殺《あや》めるほど恐れる者も出てくる。騎士とはいえ、必要ならば人も斬る——軍事を知らない者には、そういう扱いをされるんだ」

——ああ、よくわかった。

クラウスは二十歳にしては、騎士としても領主としてもかなり実力を持っているのだ。

そして魔物に対峙している勇敢な人であるのに、毛嫌いしている派閥もあるらしいとティミアは理解した。

「……納得なんて、できるはずありません」

「君は賢い子だろう。だから――」

「いいえ、無理です」

子供の体になったせいか、抑えきれない感情が膨れ上がる。

椅子に座っているばかりでなく、自身も動いて領民のためになっている人なのに、どうして――。

「私はそういうの、嫌です」

両拳に力を入れて訴えたら、クラウスがギョッとした。

「命をかけて、皆さまの代わりに戦ってくださっているのに……わ、私はそういうの、嫌です、悲しいです」

最後の言葉を告げたところで、ティミアは自分の目から、大粒の涙がぼろぼろとこぼれているのに気づいた。

(ああ、失敗したわ)

姫たるもの、感情も制御しなければならない。

急に泣かれてクラウスも戸惑っていることだろう。周りから見て、彼に泣かされたと勘違いされてしまったらどうするのか。

彼に迷惑をかけてしまったら、と考えたらもっと涙が溢れた。

だが、幼女であるせいか急に泣いたことは悪くとられなかったようだ。

ティミアは気にして周囲を見たのだが、貴族たちは何か考えさせられることでもあったみたいに静かになっていた。目が合うと、かえって悪いことをしたのかもしれないと近くにいる者たちと顔を見合わせ、その空気が広がっていく。

するとティミアの体がふわりと温かいものに包まれた。

それは、しゃがみ込んだクラウスの両腕だった。

「いいんだ」

「だからっ、よくないですっ」

「救われた気持ちになった。ティミアのおかげだ」

「え……？」

肩を優しく掴まれ、近くから覗き込まれた。

「いい、かまわないんだ。ティミアがわかってくれているんだろう？」

もちろんだ。そう思ったものの鼻をすすってタイミングを逃し、ティミアはこくんと頷く。

クラウスがふっと優しい笑みを浮かべた。

「帰ろう」

クラウスに手をつながれ、ティミアも積極的に足を動かした。

こんなところ、いたくないと思った。

◆◆◆

結局、いつも通りの短い時間となった。
今回はティミアも一緒だし、せめて彼女に食事くらいは楽しませたいと予定は立てていたのだが、
クラウスは帰ったほうがいいと感じた。

だから彼女を抱えて白銀のドラゴンにまたがり、すぐ夜空へと舞い上がる。

疲れてしまったのか、ティミアは間もなく寝入った。

クラウスは前に乗せているティミアを見た。こうしていると子供だ。あどけなく自分に体重をかけ、腹を枕にしている。

(だが俺は、彼女のことを勘違いしていたかもしれない)

才女で、大人びた姫かと思っていた彼女がぼろぼろと泣いた。

それは人のために流した涙だった。

自分のことは平然としているくせに、彼女は他者には胸を痛めるらしい。

クラウスはその素直な愚直さに心打たれた。それは、見ていた者たちも全員そうだったろう。

普段煙たがるようにこちらを見ていた貴族たちの、自分を見る眼差しが少し変わったのをクラウスは感じた。

(幼いのによく考えて、器も大きなお姫様だと思う)

一人耐えている彼女を支えられたら、と自然に思った。

気づいたらクラウスはしゃがみ、そして彼女をこの腕の中に閉じ込めていた。守りたいと心から思った。

自分のために必死に怒ろうとしているティミアが、まぶしかった。

正直、六歳以下にしか見えない幼い姫なのに、その真っすぐな正義感と、それでも毅然と伸ばされた背はクラウスの忠誠心にぶっ刺さりもした。

(……いや、いやいや、彼女は仕える姫じゃなくて俺の妻だぞ)

クラウスは頭を振った。ゆっくりと夜の飛行を楽しんでいる白銀のドラゴンが、不思議がって首を向けてくる。

「なんでもない。ティミアを起こさないよう飛んでくれ」

「きゅるっ」

もちろん、というようにドラゴンが嬉しそうに鳴く。

（ドラゴンたちが気に入っているのも、珍しい）

アルジオラ王国の人間はドラゴンライダーの末裔《まつえい》だ。

不思議とドラゴンたちに好かれた。他国の人間は、操るのも難しい。

だというのに、当初からドラゴンたちのほうが、ティミアに興味津々だった。

（不思議だな）

自国の人間か、もしくは大嫌いな魔物をどうにかできる相手にしか興味を抱かないのに。

「ん、ぅ」

ティミアの声が聞こえてどきりとした。ドラゴンの頭から彼女へ視線を移動すると、彼女は眉を寄せていたが、すぐ心地よさそうな寝顔に戻る。

クラウスはほっとした。だが、もしかしたら自国の夢を見ているのだろうかと勘繰り、やるせない気持ちを抱いた。

「……専属の騎士もいなかったのだろうか」

貴族たちによく思われておらず、味方もほとんどいない。

彼女はクラウスの妻として心許ない状態で社交界に置かれるだろうが、自分は彼女のために何ができるだろう。

何か、してあげたい。

（この気持ちはなんだろう？）

クラウスは自分の胸を不思議に思って見下ろした。

自分のことはよくわからないが、彼は屋敷に戻るまでの間に、ティミアの気分を上げる策が一つ思い浮かんだ。

第五章　幼女妻がぶっささるタイプだった件

翌日、ティミアはパーティーの件で反省一色だった。

メイドたちが心配しておやつを勧めてくるが、そんな気分ではなく、私室の寝椅子の上でブランケットにくるまって丸くなっている。

姫だからと大見えを切っておいて、何もできなかった。

（うぅっ、そのうえ人前で泣いてクラウスを困らせたあああああっ）

罪悪感だ。反省しかない。

前世では、涙を流したのは母の葬式の時だけだった。

自分が泣いてしまったことにも驚いたが、そこに関しては今の自分が六歳であるせいだとも受け止めてはいた。

（だって——とても、嫌だったんだもの）

納得できないという自分の返答については、今だって変えるつもりはない。

まるで評価されていないみたいな扱われ方が、かわいそうすぎた。

こんなの理不尽だ。両親を失ってもがんばっている、その脇目も振らずに取り組んできた真っすぐな姿勢が誤解されているなんて、あんまりだ。

クラウスのためにできることはないだろうか。

ティミアは、ブランケットの中でじっと考える。

すると、ふとブランケットに隙間ができた。そこからフライ返しにのったスコーンがそぉ……っと差し込まれたのを見て、あきれた。

「これなら奥様も匂いに誘われて出てくるんじゃないか？」

「料理長天才ですっ」

「奥様仕込みのスコーン、きっと出てきてくださいますよっ」

男性の使用人の声も聞こえてくるが、そうじゃないだろうとティミアは思ってしまう。

（まぁ、彼らにとって私は六歳以下の幼子にしか見えないんだものね）

そろそろ出てやらないと心配を増やしてしまうかもしれない。

そう思った時、ティミアはブランケットの隙間から差し込む明かりに、ハッと父の言葉が思い出された。

『お前なら立派にやれるだろう』

もしかして父は、クラウスの置かれている状況を知っていたのではないだろうか？

それで、ティミアを寄越したのか。

（そうよ、パパは私を好きでいてくれる。信じようっ）

六歳でもティミアにできることはあるはずだ。

ティミアは頭と心をぐるぐると回っていた考えや感情が落ち着いた途端、腹がぐぅと鳴って、スコーンにがぶっとかぶりついていた。

「奥様が釣れたぞっ」

「そのまま引き上げて！」

釣り糸も何もないよとティミアは思ったのだが、そうブランケットの向こうがわーっと騒がしくなった直後だった。

「お前たちは何をしているのですっ」

モルドンの声が響いて、いっそう賑やかになった。

料理長をはじめとしてコックたちが「持ち場に戻ります」と言って逃げ出す。ティミアはそれを、ちょうどブランケットから顔を覗かせた時に見た。

使用人たちは、モルドンに言い訳をしながら室内を逃げ回っている。

「もご？　もごご？」

ティミアは、寝椅子の下にうずくまって隠れている男性の使用人に尋ねた。

「この状態でも食べるんですね……意外と将来大物になりそうな予感……いえ、モルドン様の教育って、拳ですから」

それは大変だ。

ティミアはスコーンをごっくんと飲み込むと、ブランケットを放って寝椅子から飛び降り、騒ぎを、いや彼を止めるために走ったのだった。

騒ぎのあと、ティミアは『奥様業』に取りかかった。

（めそめそしてられないわね。昨晩を挽回するためにも、がんばらないとっ）

たとえば、父を支えていた母みたいになれるのが理想的だが、あいにくティミアは六歳児だ。

営業を兼ねて単身の社交行動にも制限がある。

領民たちも頼りないと思うはずだから、内政だってすべては任せてもらえない。

だからこそ今、六歳の身でできる限りのことをしていくしかない。

ティミアは書類仕事もこなしつつ、他にもできることはないか使用人たちを鼓舞し、手伝いながら探した。

(動ける時にクラウスを取り巻く社交界の環境をよくしていくとして)


午後の休憩時間、私室に戻ったティミアは、ノートに考えをまとめる。

今焦ってもできることとできないことがある。

できないことは、できるようになった時に考えればいい。

幸いにして、まだ六歳だからティミアには時間がたっぷりある。もし今すぐ大きな支えになれることがあるとするなら——年齢に関係ない〝武器化の力〟だ。

ティミアは剣なんて持てないし、戦術学は王子たちの授業だった。

「武器化!」

ノートを引き出しに隠し、ティミアは左右の手のひらを前に押し出して唱える。

しん、と室内に沈黙が続いた。

「うぅ、やっぱりだめ?」

後宮の王子や王女たちの見様見真似でやってみたが、もちろん反応はない。

力がないので当然だ。何度も打ちのめされた事実だった。

でも、諦められない。向き合うことを決め、後宮にいた時と違い、ティミアは本気になって特訓に挑む。

「武器化っ」

あの頃みたいに『仕方ないか』なんて気持ちは、湧かなかった。

悔しい。六歳でも、クラウスのためになりたい。

何度も両手を前に出し「武器化！」と唱える。

頭の中で力の流れを想像し、集中して、何度も叫ぶ。集中していて時間を忘れていると、扉が開いてメイドのネリィが入ってきた。

またしてもメイドたちに『奥様の様子を見てきて』とでも言われたのだろう。

不意打ちだったティミアは、両手を前に出した姿勢をネリィに見られてしまい、気まずい空気に固まってしまった。

「まぁっ、奥様、休まれているかと思ったら何をなさっているのですか？　少しは仮眠くらいお取りになっているかとばかり思っていましたのに」

「いやぁその……〝武器化の力〟、私にもないかなぁと思って」

ネリィは目を見開いたが――落胆もなく、かえって安心したというように微笑む。

「それで汗だくになられておいでだったのですね。まったく、目が離せませんね」

「えっ、汗だく？」

言われて初めて、自分を見てティミアも気づいた。

「変ね、暑いなんて思わなかったわ……」

「とにかく汗を拭きませんと、このまま外気に晒《さら》されたらお風邪を召してしまいますわ」

「うぅ、お仕事増やしてごめんなさい」

「ふふっ、いいえ！　奥様のお世話ができて嬉しいですよ」

ティミアはだめだめな自分にがっくりしてしまったが、ネリィはにこにことして服を脱がせ、汗を拭いてくれる。

力を期待して『妻』として受け入れたわけではないとわかる。

そこに改めてティミアは助けられるのを感じた。

（おかげでここに来てから、解放的に過ごしているわ）

だから昨晩は、気が抜けていたこともあって、子供みたいに泣いてしまったのだろうとティミアは実感した。

「……少し、私の話聞いてくれる？　誰にも言わないで欲しいんだけど」

「もちろんですよ」

「ほら、私の国って〝武器化の力〟という魔物への対抗策を持っているでしょう？　それが私にもあれば、クラウスにとって助けになると思ったの」

ネリィが「ああ」という顔をした。

「隣国のエゼレイア王国の民は、特別な加護の力をお持ちなのでしたわね。どうかご無理はなさらないでくださいね」

「うん。って、加護？」

「魔物に効くなんて、神の加護ですよ」

魔法ではない特殊能力について、この国の人たちはそう考えている人もいるようだ。

（彼女も含めて、みんないい人たちなのよね）

この国のように各領地が魔物と戦わなければならない国もあるのに、後宮内だけで醜い争いをし続けている義母たちを思い出し、手に拳を作る。

まだ六歳だけど、外に出られてよかったとティミアは思った。

苦労しながらも毎日協力し合い、笑い合いながら日々を生きている人々の暮らしや、考えは素敵だと思う。

（昨夜の貴族たちは、この土地のことでも思うところがあるみたいだったけど……ネリィたちはここを愛している）

昨日、出かける際にメイドたちが『旦那様とガヴィウス伯爵家を、わたくしたちも、そして領民の誰もが愛しております』と言った理由がわかった。それは帰ってきてからもずっとティミアの心の支えになっている。

だからクラウスと共に、闘っているのだろう。

（私もこのガヴィウス伯爵家の一員として、一緒に闘いたい）

そして、守りたい。

離れようとも、父に誇れるように彼の子として立派にやっていく。天国にいる母に顔向けできるように。

（――クラウスを、そしてみんなを守りたい）

ぎゅ、と手に痛いくらい力が入った時だった。

「お、奥様っ」

「うん？」

新しい室内用ドレスを着せ終わったネリィが、ハッとしてティミアの足元を指差している。

「何これ？」

見てみると、自分の足元に小さな芽が生えている。

「え、床なのになんで植物が生えてるの？」

「生えるわけありませんよっ」

「だ、だよね、私もありえないなとは思ってるけど……」

思ってはいるが、実際に生えているのだ。

それをよくよく見ようとした時、扉のノック音がして、ティミアはネリィと「ぴぎゃっ」と飛び上がってしまった。

慌てて二人で並んで立ち、その芽を自分たちの体で隠す。

「――ど、どうぞ！」

入室許可を求めたのは、恐らくメイド長だ。慌ててティミアが答えると、案の定メイド長が顔を覗かせた。

「奥様、失礼いたします――あら、ネリィ？　そこでいったい何をしているの？」

「え、えへへ、奥様と遊んでいたのです」

メイド長は訝《いぶか》った。ティミアは緊張したものの、彼女の表情が『まぁ十代のメイドだものね』と納得したようなものに変わって、ほっとする。

「奥様、急ではございますが、午後の予定はキャンセルとなります」

「えっ？　どうして？」

「旦那様からデートの誘いがきております」

にっこりと笑いかけてきたメイド長に、ティミアは混乱する。

「デート……え、デート？」

自分は六歳なのだが。

「領地を案内してくださるそうですわよ。初めてご一緒に外へお出かけになりますし、楽しみですわね」

「そ、そうね」

なんだ、案内かと胸を撫で下ろした。一階に向かうと伝えて、いったんメイド長を先に廊下へと出した。

扉を急ぎ閉めたティミアは、残ったネリィと顔を見合わせる。

「お、奥様、この植物どうされます？」

「とにかく証拠隠滅ね」

ティミアは迷わなかった。駆け寄ると、それをぷちりと引き抜く。

「きゃあっ、神聖かもしれない植物をっ――」

「落ち着いて、私も混乱しているの。〝武器化の力〟って本来は武器や防具に働きかけるもので、植物なんて聞いたことないのよ」

「そうなのですか？」

「普通に抜けたし、きらきら光ってもいないから普通の植物だと思う」

ひとまず、観察する暇もなくその植物をポケットに押し込んだ。

「奥様の度胸、尊敬します……」

「ありがと。なんらかの力があるとわかって混乱しているし、足元に植物が生えたのもわけがわからないし、とにかく、このことは黙ってて。いいわね？」

自国の〝武器化の力〟に期待を抱かせてしまったらと緊張して、念を押す。

するとネリィは、手を組んで目を輝かせた。

「二人だけの秘密ですね！　わかりました！　今後の参謀活動は、このネリィがお手伝いいたします！」

いろいろと言葉を間違えている。

けれど、〝武器化の力〟の特訓のことを隠しておきたいティミアの思いは察してくれていたようで、ティミアはひとまずは安心したのだった。


外出用に上着も羽織ったところで、クラウスがドラゴンで戻ってきた。

この国というか、領地のことを見せてくれるのは嬉しい。

（でも、急にどうして？）

昨夜彼が乗り気でなかったパーティーに出席したばかりであるし、軍服のままなので、仕事の途中なのもわかる。

「あの……」

「ああ、マントはいささか堅苦しいか。モルドン、預かっておいてくれ」

モルドンが「かしこまりました」とにこにこの笑顔で答え、クラウスのマントを受け取る。

（マントのことを言おうとしたわけじゃないんだけど）

昨夜あれだけの失態を演じたのだが、今朝朝食を共にした時と同じく、クラウスは機嫌がよさそうだった。

（何か見せたいものでもある、とか……？）

半ば戸惑いがありつつも、昨日のことがあったのに当のクラウス自身の気持ちが明るいのはティミアの救いで、彼と一緒に馬車へ乗り込んだ。

「まだ町には出たことがなかっただろう。遠くの人里からも領民が集まる」

「賑わっているのですね」

嫁入りの日、馬車で通った際に、屋敷があるこの土地はとても大きな町であるとは感じていた。

馬車は屋敷から町へと少し下ると、平地の繁華街で止まった。

クラウスに誘《いざな》われて一緒に馬車から降りる。

初めは戸惑いも半ば残っていたのだが、いつの間にかクラウスにすごく楽しい時間を過ごさせてもらっていた。

「甘いものは好きか？」

「はい！　もちろんです」

食い気味に答えてしまったのは、パンに挟まれたクリームと果物、という組み合わせに目が輝いたからだ。

（まさかのっ、この世界で食べられるなんてっ）

前世で流行になっていたのだが、会社の昼休憩でそこの行列に並ぶ女性社員たちみたいなことはできないままだった。

食べてみたその異世界のデザートはおいしかった。

使われている小さな赤い実は、この領地で採れる木の実だと教えられ、学びもあってクラウスの話も楽しい。

たぶん、そうしながら領地のことを教えてくれようとしているのだろう。

屋敷で出ていた食事でこの国の料理は学んでいたが、大きなソーセージ店にもティミアは驚いた。

「加工される前はあんなに大きいのですねっ」

「輪にして引っかけられているだろう？　あれが一本ずつ販売されている」

持ちがいい食材であるのも聞いてわかった。

恐らく『かなり長い秋』、そして『冬』の二つしかない季節に対応するためだろう。

ティミアも屋敷の管理をしながら特色を学んでいるところだった。気候に暖かさが少ないという不便があるからこそ、人々は工夫している。

町の人々はティミアに対して歓迎的だった。

六歳で妻になったことを同情し、それでいて来てくれたことを喜んでくれている。

「領主様も雰囲気がやわらかくなってきましたし、奥様のおかげでしょう」

「ほんと、なんて愛らしいのかしら」

店の前を通過するたび呼び止められたり駆け寄ってきてかまわれたりして、飴もポケットに入れられた。

庶民にとっては王族の毒味事情もなじみがない。クラウスは詫びてきたが、ティミアは問題ないと伝えた。

「王家は毒の知識を学びます。私も目利きはできますし、そんなことする人がここにいないのもわかっています。それに、皆さんのご厚意が嬉しいです」

満面の笑みで嬉しさを伝えた途端、なぜかクラウスが地面にくずおれた。

「えっ、クラウス⁉」

「……なんて健気な……」

何やら震えているのが気になった。

だが、思い出してハッと振り返る。周囲の人々は一斉に目をそらしてくれていた。

（よかった、空気を読んでくれたみたい……！）

彼の評判は落ちなかったようだが、別の方向でティミアは心配になった。

背を向けた人々の囁くやり取りが、ひそひそと聞こえてくる。

「領主様は妻の尻に敷かれているらしい」

「まぁ仲睦まじいようで何よりじゃないか？」

「確かに、小さくて愛らしいお方だ」

これは、立ったほうがいい。

そう察知し、ティミアはクラウスの肩を叩いた。

「クラウス？　クラウス、お願いですから立ってください」

「ティミア、俺は決して君を不幸にしないから」

顔を起こした彼が、なぜか真剣な顔で変なことを告げてきた。

「え？　あ、はい、言葉は嬉しいんですけど、状況をちょっと考えて欲しいというかっ」

焦って彼の腕を引っ張り、立たせて、ティミアはこの場から逃げるように彼の腕を引っ張ってとことこと走った。

あとで――『領主がプロポーズしているのを聞いた』と噂になっていることをモルドンたちから聞いて、ティミアは領民たちに誤解されたことを知る。


ひとまず、少しでもいいからあの場から離れたほうがいいと考え、ティミアは必死になってクラウスを引いて駆け続けた。

（ふぅ、ここまでくれば大丈夫なはず）

立ち止まった時、クラウスの腕を抱きしめる形になっていたことに気づき、ハッと振り返る。

すると、クラウスは屈む姿勢になっていた。

「ご、ごめんなさいっ」

「いや？　とくに問題ないが」

（きつくないって、すごい体力だわ）

ティミアは、前世で中腰姿勢を少ししていた際すでに腰痛があった自分を重ねる。

と、背を起こしたクラウスが鼻の下をこすった。

「君は、行動力もあるんだな」

気のせいだろうか。クラウスの好感度が上がっているように感じる。

どこにその要素があったのだろうか。

ティミアは、疑問符が頭の上にいっぱい浮かんだ。

「はぁ……騎士としてますます仕えたくなってしまうタイプだ……」

悩ましそうに彼が腕を組む。

独り言のようだ。ティミアは彼と顔の位置に差がかなりあるものだから、周囲を歩く人や馬車の音もあって、聞き取ることはできなかった。

(今日のクラウス、変だわ)

失礼にも急に手を引っ張ってしまったので、それを嬉しがるなんて絶対にあるはずがない。

とすると、子供っぽい突発的な行動がわからない、と悩んでいるのかもしれない。

(いえ、彼のためになることをするって決めたじゃないっ)

ティミアはハッと気を引きしめる。

昨日のパーティーを一番心地悪く感じていたのはクラウスのはずだ。ちょうどいい機会だし、彼をもてなすそう。

「お腹《なか》は空いていませんか？　何か食べたいものとか、口にしたい甘いものがあれば付き合いますよっ」

彼の足元に駆け寄り、手を握って主張する。

クラウスがぽかんと口を開けた。

「……励まされている気がするんだが」

「クラウスが何やら悩まれているようだったので、笑顔にしたいんです。私にできることがあれば言ってください、妻ですから！」

彼が遠慮しないよう、力説した。

周りの人々が「まぁかわいい」と注目してくる。

クラウスが動かなくなってしまった。

ふとティミアは心配になったのだが、覗き込もうとしたらクラウスが顔をすばやく横に向け、口元を手でぴたんっと覆う。

「え？　今、すごい音がして――」

「モルドンたちの『かわいい』が理解でき始めてしまっている。俺はどうなっているんだっ」

もごもごして、よく聞こえない。

その時だった。

「これはこれは、だーんーなっ」

音符でも刻むみたいな男の声が聞こえた。

直後、ティミアは「え」と硬い声をもらしていた。クラウスがすばやく腕で彼女の体をかっさらい、自分の体の前で抱き上げ、そしてそのまま後ろを振り向いたのだ。

「何をしに来た」

クラウスが睨《にら》みつけた先にいたのは、糸みたいな目で笑っているふうの男だ。

「やだなー、見かけたら声をかけるくらいの仲じゃないですか」

にこにことして両手まで振った男は、焦げ茶色の髪に近い色合いのターバンを巻き、民族衣装ふうの落ち着いた格好をしている。

彼はクラウスの知り合いのようだ。彼に視線を移動され、ぱちりと目が合ったティミアはクラウスの両腕に確保された状態での初対面に大変気まずくなる。

「……あ、あの、このような姿勢で申し訳ございません。クラウスの妻のティミアと申します」

「あっははは！　子供なのに変な台詞～」

「よくできた賢い子だと言えっ」

確かに変かもと疲れた頭でティミアは思ったのだが、なぜかクラウスがかばうように抱きしめ、援護してきた。

（まるで父親のような台詞になっているけれど）

クラウスはどうしたのだろう。

「どうせ情報を聞きつけてやって来たんだろう」

「情報……？」

「まぁ私は情報屋ですからね。奥様、私の名前はディーといいます、そう旦那にも呼ばれていますよ。伯爵家お抱えの者です、どうぞよろしく」

クラウスに抱えられたティミアに、ディーがにんまりとした笑顔を近づけてくる。

（あ、この人、家名に何か秘密があるみたい）

情報屋という仕事柄、名字は伏せているのだろう。

するとその時、クラウスがティミアをディーから遠ざけてしまった。失礼な態度だと慌てたのだが、ディーは笑いだす。

「旦那は態度に出ますよねぇ、ああ面白い」

「何がだ」

「いいえ？　素直というか、真っすぐなのはいいことですよ。その実直な不器用さも私は好きですよ」

クラウスが彼の好きに対して『おぞましい』というように体を震わせていた。

けれど——実直ゆえの不器用というのは頷けた。

ティミアが少し心配になってしまうくらいには、クラウスは人がいいように思い始めていた。先日の嫌悪感しかない隣領主への態度もそうだ。

貴族というより、騎士気質を強く感じている。

ひとまず下ろしてと手を叩くと、クラウスが渋々そうしてくれた。

「すまないティミア、彼は君に会いたがっていたんだ……」

「いいえ、お会いできて嬉しいです。どうぞよろしくお願いします」

クラウスの部隊にとって有益な情報をくれる人で、伯爵になったクラウスにとっては仕事相手なのだろう。

ティミアがレディとして挨拶の一礼をすると、ディーが「むっふふふ」と変わった笑い声を上げた。

それは昨夜会ったジェシカやバクゼクト伯爵夫妻とは違って、ただただ楽しんでいるのがわかってティミアは好感を覚えた。

「ええよろしくお願いしますよ、奥様。私は旦那の味方です。父同士は友で、そして私も『いずれ伯爵となった彼にお仕えしろ』と子世代同士で仲よくさせられました」

よろしくお願いしたいというのに〝ガヴィウス伯爵の妻〟にフルネームで名乗らないのは、試されているのだろうか。

それともティミアが六歳だから、聞かせても難しいと考えているのか。

（まぁあとでクラウスが教えてくれなかったら、年齢かな）

仕事仲間として、というより過去の経緯を聞くに伯爵家に仕えている家系なのだろう。

父にもそういう相手はいた。ひとまずティミアは難しいことは考えず、子供らしい笑みを浮かべて、相槌《あいづち》を打つことにする。

「長い付き合いなのですね」

「奥様にも、ぜひモルドンの次には信頼していただきたいと思っています」

その笑みに嘘はないとティミアは感じた。

ディーがティミアの手を取り、唇を寄せる。すると、それをクラウスがぺしっと払って、ティミアの手を奪い返した。

「あらら、これは露骨」

何が面白いのか、ディーの目がにたぁっと笑う。

薄っすら目が開くと、彼の目つきは狐みたいだとティミアは思った。

「なんだよ。何が言いたい？」

「いーえ？　しかし私は子供には優しいので、奥様には教えて差し上げましょうかね」

ディーが腰を屈め、口元に手を添えてこそっと続ける。

「彼、奥様のことにとても興味があるみたいですよ。嬉しいですか？」

「んなっ」

そんな声を上げたのはクラウスだ。

社交辞令だなとティミアはピンときた。中身は成人なのだ、見くびらないで欲しい。そんな自信と共に、ディーに対して胸を張った。

「クラウスにはまだまだ興味は抱かれていないので、興味を持ってもらえるよう、妻として努力します！」

清らかさいっぱいで答えた。

彼がそんなことを言ったのは、ティミアを試す言葉の一つなのだろうと思ったからだ。

するとディーが「最高！」なんて言って笑い転げた。彼はクラウスが巡回していた部下たちに命じて、人々の大注目を集めながら連行されていったのだが、姿が見えなくなる最後までバカ笑いを響かせていた。

（どうして大笑いしたのかしら？）

ティミアは答えを求めてクラウスを見たのだが、なぜか彼は顔を手に押しつけ、もだえていてしばらくの間目が合わなかった。

前世で弟たちから『姉ちゃんはいつまで経っても子供みたいなところあるから、外では気をつけた方がいいよ』と言われていたことをすっかり忘れていた。

案外、デートを楽しんでしまった。

デートというより、子供を案内する青年伯爵様、といったところだろうか。

ディーのおかげで気もほぐれたのか、クラウスは自然体に近かった。それが二人の会話をより円滑にさせた気がする。

途中、クラウスはティミアが町の風景や景観に興味があると知ると、馬を借り、自分の前に彼女を座らせて乗馬を楽しませつつ案内してくれた。

騎馬もうまかったが、彼の案内はとても楽しかった。

夢中になっている間に日差しの向きが変わり、彼の部下が呼びに来るまで二人の散策は続いていた。

（仕事に支障は出なかったかしら？）

彼から、どのくらいの時間を自由に使えるのかといったことは聞いていなかった。

馬に乗ったまま屋敷に送り届けられた際、馬を駆って仕事に戻っていく彼の姿を見送りながら、そこを確認すべきだったのにとティミアは反省した。

とはいえ、その日もクラウスは夕刻には帰宅し、とくに疲弊感も漂わせておらずティミアと夕食をとった。


翌日、一人になれた時間にティミアは自室でノートを開き、またしてもクラウスの食事について書き込んだ。

「昨夜も、そして今朝もクラウスが食事してくれたのはよかったわ。食事の習慣化という目的はほぼ達成と見ていいかも」

誰かに見られたらまずいと思っていつも隠しているノートだが、子供の手なので上手に書くのはかなり労力がいる。

自分だけ理解すればいいかと速度と楽さを求めた結果、やはり絵日記のような仕上がりになる。

「あとは……社交に行く機会ができ次第、策を考えていくしかないか」

未解決の箇所を走り書きして、ティミアはそこを指でとんとんと叩く。

この国では、戦争の英雄というのはよそよそしくされる風潮にあるみたいだ。

ティミアとしては、バクゼクト伯爵みたいな存在が足を引っ張っているのではないか、とも勘ぐっている。

妻という立場は、それを変えるにもってこいの立ち位置だ。

社交を始めるとしたら、まずティミアがすることは夫への印象改善、友好的な人や味方を増やすといったことに注力することになるだろう。

「彼は警戒人物としておくとして」

バクゼクト伯爵のことはまだよく知らないし、決めつけるのは早いのも事実だ。

絵日記にも、自分の頭に刻み込むように彼の一族の名前を書き込む。社交はしばらくないだろうし、彼と次に会う機会はずっと先のことだろうから。

「あとは〝力〟のことね」

ティミアはペンを置き、自分の両手をにぎにぎとした。

今日の午前中も庭園のほうで密かに唱えて試してみたところ、確かに足元の植物がわずかに反応する現象が見られた。

とはいえ、成功率は五分五分だ。

何が関係して、どんな力が反応しているのかわからない。

「おかしいのよね。そもそも私は、力はないと検査結果が出ていたはずなのに」

父に当時のことや、力があるのに検査結果がでない場合があるのかについても聞いてみたいが、その手紙を義母たちに見られると思うと気が向かない。

なんとなく、今の段階でそれを知られてはいけない気がした。

「そうね。その前に、自分の力のことを知らなくちゃ」

ティミアはノートを引き出しに隠した。

自分にも〝武器化の力〟はあった。

しかし、見たことも聞いたこともない現象が起こっていて、どんなふうに使える力なのかといったことを見極める必要がある。

それから、発動できたりできなかったりという不安定さも、なくしたい。

「まず必要なのは、特訓できる場所ね。集中していられる場所を確保しないと」

できるだけ植物に触れ合える状態がいい。

そのうえ人の目を遮れる、とすると庭園施設に限られてくるのだが、この地域は秋と冬しか存在していないせいか花の温室がない。

植物がティミアの力に反応してくれるので、隠れて特訓するのなら的確な場所ではあるが――ないものは、ない。

（屋敷の敷地は広くて豊かな庭園が取り囲んでいるから、その一部をくれないか庭師たちに相談してみる？　でも春と夏がないから、植物が育つ場所は彼らにとって貴重みたいなのよね、私の我儘でその一部に何か建てたいと言ったら泣きそう――）

その時ティミアは「あ」とひらめいた。

廊下に顔を出し、掃除していたメイドにネリィを呼ぶよう伝えると、間もなく彼女が私室に来てくれた。

「昨日から我慢してくれてありがとね。落ち着いて聞いて欲しいんだけど――」

ティミアは、昨日の光景を見て知っているネリィに打ち明けた。

昨日のはまぐれではなく実際に起こせるのは確認できた。結論からするに、やはり〝武器化の力〟だろう、と。

「やはりそうだったのですねっ」

「でも私の知っている力と違いすぎるから、期待させてあとでがっかりさせるのも嫌で、しばらくは秘密にしたまま特訓をしてみたいんだけど……」

欲しい場所についても相談すると、ネリィはあっさり言う。

「そういうことなら、旧小屋がちょうどいいですよ！」

それは、屋敷の敷地内に残された昔の小屋の一つなのだという。

庭師たちの管轄にあり、昔は暖かな空気で育つハーブなどの芽を育てる専用の小屋になっていたそうだ。

「荷物置き場にするのは申し訳ない広さと設備なので、たびたび空気の入れ替えをしていると聞きました。恐ろしい魔物によって〝暖気〟をだいぶ奪われてしまって、季節が秋と冬だけになってから閉鎖されたようです」

奪われる、と聞いて、ティミアは先日パーティーであった会話を思い起こし、ピンときた。

「魔物によって大地が食われるというのは、そのことなの？」

「はい。最も恐ろしいのは、暖気を食われてしまうことです」

「暖気……うちの国では聞いたことがないわ……」

「そうなのですか？」

ネリィはかえって驚いたようだ。

この国で最も厄介で警戒されているのは、暖気を食べてしまう〝大地食い〟と言われている魔物だという。

彼らに暖気を食べ尽くされると冬しか残らない。

その土地は死んだように植物も生えなくなり、凍えるような風が強く吹き荒れるが雪は降らないという特徴もあって、ただただ荒廃した土地になる。

「そこで唯一暮らせるのは魔物くらいで、巣窟になっています。それで手に負えずにその土地を捨てざるを得なくなるようです」

「暖気を食べてしまう魔物……」

大地と気候のありさままで変えてしまうなんて、かなりの脅威だ。

しかし、それだけの存在感があるのに、その魔物は陸続きの隣国であるティミアたちのエゼレイア王国にはいない。

（何か理由があるのかしら？　その魔物が苦手な気候条件があるとか？）

うーん、と考えているとネリィがにこやかに話を戻す。

「旧小屋はいずれ解体予定で中は空っぽだそうですから、奥様が再利用するのは自由かと。この国の植物を勉強しながら育てたいと言えば、自然ではないでしょうか？」

「ネリィ天才ね！　ありがとう！」

ティミアが飛びつくと、ネリィが「えへへ」と嬉しそうに笑った。


モルドンに話を通してみると、そういうことなら自由にお使いくださいと言われ、庭師たちが小屋を数日で使えるように仕上げてくれるという。

というわけで、ひとまずのところ訓練場所は確保だ。

庭師たちにお礼を兼ねてスコーンと手作りジャムの差し入れをしたのち、ティミアは屋敷に戻ってモルドンと別れると、腕を組んで一人歩く。

「訓練場所の修繕待ち……今、私ができることは……」

歩きながら考える。

（私がレディとして認められる年齢になるまで約十年は必要……だから私ができることは、それまでの長い年月をかけてクラウスの味方をつくることだけれど、一人で行動できない年齢だから、クラウスと社交のタイミングを待つしかないのよね）

機会が訪れたとしても、その際にどんなことをすればいいのか、といった策についてもまだ考えつかないでいる。

場所によって仕方は変わってくると思うと、やはりその時が訪れたら考えようとティミアは思った。

そして気になるのは、クラウスに結婚命令を出したこの国の王だろうか。

（いったい何を考えて彼は了承したのかな？）

ティミアは六歳だ。それなのに『結婚』なんて、変すぎる。

普通だと年齢からして結婚予定、婚約扱いになるのにティミアは戸籍上もちゃんとクラウスの妻になっている。

つまりティミアの戸籍はエレゼレイア王国ではなく、この国に置かれているのだ。

しかし、そうすることがこの国の王にとって大きな利益になるとも思えない。

ティミアは祖国に味方がいない。

社交活動もしていない年齢だから、たった六歳の自分がこの国にもたらせる恩恵というのは、婚姻という事実くらいだ。ただ、それによりどんな恩恵をもたらすことができるのか、ティミアにはわからない。

国の王同士によって決まった結婚。

嫌がらせなのか、それとも彼は数少ないクラウスの味方で、何か考えでもあって……？

（……先に、こっちをしようかしら？）

慣れない土地、想定外の大きな屋敷、夫となったクラウスのこともあって後回しになっていたが、ティミアは六歳だ。

周りの大人たちからすると成人待ち。

こちらから行動しない限り、しばらく国王とも対面のチャンスはなさそうだ。

「よし」

となれば、自分から機会をつくろう。

そう思ったティミアは、その日の夕食、顔を合わせたクラウスに早速王城に行く機会はないのか聞いてみた。

彼は、なぜかすぐピンときたみたいに身構えて真顔になった。

「なんですか」

「いや……君の行動力からすると、ちょっとな」

「その反応、もしかして近々王城に行くご予定が入っていたりするのですか？」

期待が高まった。クラウスが、ますます嫌そうな空気を漂わせて沈黙する。

すると、モルドンがそばから言った。

「ございますよ」

「そうだった、俺が黙っていても裏切り者がいるんだったな」

「旦那様、私は奥様にきちんとお答えしただけです。奥様はこのガヴィウス伯爵家の一員、旦那様の妻で――」

「わかってる。それはわかってるんだ」

クラウスが、自棄になったみたいにハンバーグを食べる。

（あ、つい旗を立てちゃった）

ティミアは中にとろりとしたチーズを入れたハンバーグの上、クラウスとは少しミスマッチな光景に、一瞬和む。

「模擬試合を兼ねた訓練指導が入っている。国王が認定した部隊の長、もしくは上から数えて強い者には定期的に王城の騎士たちを訓練することが義務づけられている」

「じゃあ行く時についていってもいいですか？」

「……ただ剣を合わせるだけだぞ。令嬢にとって面白いものは何もない」

「面白いですよ！　騎士たちの訓練はかっこいいですっ、座って見学するだけですから！」

ティミアは手を組んで『お願い』と押してみた。

その提案にクラウスはちょっと嫌そうな顔をしていたが、渋ったのも数秒だった。

「わかった」

「やったー！　ありがとうございます！」

面倒な妻からのお願いみたいになってしまって、申し訳ない。

とはいえ、彼から許可をすぐ取れたのも嬉しかった。

（旗が結構好評だったのかも！）

ティミアは、クラウスの視線の先にハンバーグの旗があるのを見て、二十歳もまだまだそういうのが好きなのかも、と前世の弟たちのことを重ねてにこにこしてしまった。

◆◆◆

夕食後、クラウスは執務を進めるべくモルドンを伴って書斎へと上がった。

「ティミアがやけに『小さい旗をまたつける』と言っていたが、……子供はああいうのが好きなのか？」

生まれてからあんな光景は食卓で見たことがない。

わからないので一般的なことなのかどうか確認もかねて尋ねてみると、モルドンの視線が斜め上へとそれた。

「――さあ」

「お前、何か推測していることがあるだろう」

「いえ、奥様のかわいらしいお考えに水を差すのはもったいなく」

もったいないとはなんだ、とクラウスは疲労感がどっと込み上げた。

最近、ますます彼らがティミアの味方をしている気がする。

「旦那様は、あの飾りがお気に召しませんでしたか？」

「いや……楽しませてもらった」

ああいうものが食卓に出されるたび、クラウスは、ティミアがまだ六歳であることを実感させられた。

大人の生活には出ないその新鮮さが、最近は楽しい。

子供の相手なんて、と頭を悩ませていたのが嘘のようだ。

最近は、ティミアが次は何をしでかしてくれるのかと面白がっている自分がいる。子供の思考はいつも予想外だとクラウスは知った。

とはいえ――同時に困らされてもいるが。

（ティミアは姫だ。普通の六歳の令嬢とは、違う）

書斎机についたクラウスは、返信が必要な手紙を引き寄せながら内心ため息を吐いた。

ティミアの行動力をこれまでに思い知らされていたから、王城で『じっと座ってるだけ』という返事も嘘な気がしている。

ティミアの目は興味津々だった。

大人びている時が多いから、子供らしい彼女の様子を見られてなぜだか嬉しく思った。

いつものクラウスなら、断っていた。嫌々ながら社交に出るたび、冷酷な若き伯爵、魔物と同じく人間にも容赦がない騎士伯爵なのだろう――そう噂しているくせに権力が目当てで言い寄ってくる女性たちには辟易した。

まだ父たちが生きていた頃、『嫌なのに父の命令で』と陰で泣いている令嬢を見てから、嫌になっていた。

そうして、いつしか誰かに合わせる、ということを忘れた。

それなのに、気にかける手間も増えてしまうことは容易に見越せるはずなのに、不思議とティミアの提案は叶えてあげたいとも思ってしまうのだ。

（六歳なのだから俺が手綱を握れるはずだし、きっと大丈夫なはずだ）

守れる。クラウスは、騎士なのだから。

三年と少しガヴィウス伯爵として、父の名を汚さないよう正義感をもって堂々と正しいことをしてきたという自負がある。

周りの多くにどんな目で見られようと問題ないと言い返せるほど、クラウスは自分の経験と積み上げてきた実力には自信があった。

（俺が、ティミアを守る）

自国でどんな不憫《ふびん》な環境にあったのか、彼女の言葉からたびたび掴むたびに胸が苦しくなった。

けれど、もうそんな思いなんてさせない。

彼女の騎士として隣で守る――そう真剣に考えていたと気づいたのは、彼女を想いながら手紙を一通書き終えた時だった。

「いや、いやいやいやっ、何『姫に仕える騎士』みたいなことを考えているんだっ」

クラウスは思わず頭を抱えた。

そばで補佐していたモルドンが「妻では？」と冷静にツッコミを入れていた。

◆◆◆

その数日後、ティミアは王城へ行く機会を得た。

旧小屋が使えるようになってから、そのあとだろう、と待つことを見越していたら近い日に予定が入っていたらしい。

（まったく、普通なら妻には共有しておくものよ）

クラウスにとって、ティミアは本当の意味では妻枠ではないのだと実感したし、そこについてはティミアも納得で怒りはなかった。

とはいえ、願っていた通りに待ち時間で目的を果たせそうなのは、正直嬉しい。

（国王の人物像について調べるっ、もしくは隣国の姫であることを利用してどうにか会えないか聞いてみようかしら）

クラウスは出発前、散々『何もするなよ？』と念押し確認してきた。

ティミアは『もちろんです』と笑顔で大嘘をついた。

（あなたがいじめられていたらただじゃおかないから、任せといて！）

今後の社交の活動方針を決めるにも、この国の王が彼にとって敵なのか味方なのかを先に掴んでおくことは必要だ。

白銀のドラゴンの飛行は相変わらずすごかった。

クラウスの王城での予定が午前中に入っていたため、朝食後すぐに屋敷を出るという慌ただしさだった。


遠く離れた王都まで、一時間半足らずで着いてしまった。

「ドラゴンの飛行はすごいわ！」

「慣れたようでよかったよ……まぁ、他国にはないウチだけの強みだろうな」

王城に到着すると、ドラゴンを受け取った騎士たちのうちの一人が案内し、クラウスと共に訓練場へと向かった。

その訓練場は観客席もついている立派なものだった。

貴族を楽しませる場にもなっていて、公式で見学会なども行われているらしい。

定期的に行われているランク付けの試合も人気だとか。それはとくに若い騎士たちのモチベーションになっているという。

クラウスが訓練場へと下りる中、ティミアは一番上の特別な席まで案内されながらそう騎士から話を聞いた。

「それじゃあ、皆さん訓練も楽しいでしょうね」

「所属外の上官とも手を合わせられる貴重な機会にもなりますからね」

「あなたも、クラウスと手合わせをしたことがあるのですか？」

「まさか！　彼が本気を出したらほとんどの騎士は太刀打ちできませんよ。彼はまだ二十歳でありながら、国王陛下が動く際に特別召致がかかる国のトップの騎士たちの一人です。トップクラスの騎士たちは、別部門で試合が設けられているんです」

自然と熱が入り、尊敬していることが伝わってくる騎士の話しっぷりに、ティミアはなんだか自分のことのように嬉しくなった。

一番上の観客席は、左右に壁があって日よけまでついていた。

ティータイムも過ごせるように円卓があり、一人でぽつんと座るのも申し訳ない広さがある。

「何かあったらベルを鳴らしてください」

「わかりました。あっ、剣じゃないんですね」

てっきり訓練でも魔法剣を使うと思っていたら、訓練場に広がった王城の騎士たちも、彼らの前に立ったクラウスも木剣を持っている。

「はい、魔法剣に似せて作られたもので、耐性を上げるための特訓用の特別な木剣なんです。高価ですが、折れないので重宝しますよ。魔法剣よりは安価ですし、一般人でも扱えますので、殴打のみで対処できる魔物向けにも使われています」

そうやって人々は自衛もしているみたいだ。

「耐性って？」

「魔法剣は特別な力がない人間が使うと、体力と精神力を削ります。魔法剣を機能させるために、魔物を斬り裂く瞬間に剣に体の中にある何かを持っていかれる感覚がある、と言いますか」

表現に少し苦戦しながらも騎士は教えてくれた。

「回復薬が幅広く用意されていますが、消耗しきってしまうと副作用もある強いものを使わなければなりません。そうならないよう耐性を上げるのが効率的です」

クラウスは大丈夫なのか、ふっとティミアは心配になった。

彼が治める広大なロードライン領は、魔物がとても多い。

「なるほど……副作用ってどんなことがあるの？」

「苦しいらしいですよ。慣れてくると感じにくくなるようですが、戦って肉体が疲労しているのに睡眠欲がなくなったり食欲を感じにくくなったりと、弊害もあるとか」

クラウスがそうだったのではないだろうか。

ティミアは嫁いできた際の彼の私生活を思い返し、ゾッとした。

（強い回復薬を使ってでもがんばるしかなかったんだわ）

恐らくあれはきっとそうだと思えた。それもあって『休んで欲しい』とモルドンたちはクラウスの身を心配していたのだろう。

「それって治るの？」

「はい。本人の感覚が鈍るので、しっかり睡眠欲や食欲を思い出させて休ませるといいらしいです」

「そうなの。いろいろと教えてくれて、ありがとうね」

「いえ。それでは」

騎士は愛想のいい笑みを残し、訓練場へと下りていった。

間もなくクラウスの剣術指導が始まった。一人ずつ自分に向かわせ、欠点を教えながら次々に負かしていく。

(すごいわ)

戦う姿を見るのは初めてで、ティミアは見入ってしまった。

やはり、こうして見てみるとクラウスはかっこいい。

(戦っているのにその姿もイケメンなんて相当じゃない？　彼、まだ二十歳だけど、数年したらさらに落ち着きまでまとってすごくハンサムな騎士さまに――)

と、妄想したところでハタと止める。

数年が経ったとしても六歳とでは釣り合わない。ティミアは苦笑した。

たとえば彼が二十七歳になっても、ティミアはまだ十三歳だ。その事実を考えると、ついため息がこぼれる。

(――ううんっ、落ち込んでいる場合ではないわっ)

ようやく王城に来られたのだ。

ティミアは行動を開始することにした。

クラウスが騎士たちに集中している様子を確認し、そろりと椅子から下りる。

こういう時、目線の高さが低い幼女でよかったと思う。向こうからは目立たないだろうから、移動も気づかれにくい。

ティミアは頭を屈め、そろりと観客席から抜け出した。

(誰かに国王がどんな人か聞いてみましょう)

自分とクラウスを結婚させることを考えたエドリファス国王に会えれば一番嬉しいのだが、一国の王と対面したいだなんてねだれない。クラウスに迷惑がかかるのは目に見えている。

それにここは異国の地だ。

もし対応を間違えてしまったら大変な相手であることも、ティミアは自覚している。

とにかく、気配を殺して訓練場から離れることに集中する。観客席の最上部分に設けられている二階入り口から、王城の内部へと進んだ。

「おや、やはり出てきたか。じっとしていられないところは聞いていた通りだ」

「ひゃあっ」

誰もいないと思っていた通路から声をかけられ、ティミアは肩をはね上げた。

慌てて口を手で塞ぎ、声がした方を見る。

すると入り口に向かってくる男の姿があった。

目が合うと彼は面白そうに笑った。瞬きを忘れてしまうほどの整った顔立ち、涼しげな目元――

だが、ティミアが注目したのはそこではない。

その衣装、そして片方の肩にかかった内側に金の刺繍《ししゅう》が入ったファー付きの赤いマント――。

彼が、指に下げて軽々しく扱っている王冠にも、目をむく。

(こ、この人……王さまだあああああぁっ)

この国では少ないという金髪は、父から聞いていた隣国の王の特徴とも合致している。

「エ、エドリファス・アルジオラ国王陛下……！」

思わず声が出てしまった。

こんなところで予想外にも出会えてしまったというのもあるが、ティミアを心底驚かせたのは、彼が想像以上に若かったことだ。

（え、えっ？　なんで？　三十代に入ったばかりくらいにしか見えないけど!?）

相手が「おや」とティミアの反応に目を留める。

「私が誰かわかったのかな？」

「え、えと、王冠持ってますし……？」

ティミアがわなわなと指さすと、彼が自身の右手を見る。

「ああ、こっそり抜けてきたのでな。置いてくるのを忘れたと、出てきてから気づいた」

え、抜け出したの？　とティミアは思考が固まるのを感じた。

エドリファス国王がにっこりと笑いかける。

「小さい君一人では心細いだろう。見つかったら君にとって不都合だろうし、私が案内してあげるから、ついておいで」

指でくるっと王冠を回し、来た道を戻りかけたエドリファス国王が振り返って言った。

国王に誘われたのだから、応えるしかない。ティミアはおずおずと足を進める。

「そう緊張するな。叱りも、取って食ったりもしないさ」

しばらく歩いても人とはすれ違わなかった。

エドリファス国王が長い廊下にあった扉の一つで足を止め、それを開き、ティミアを招く。

「ここが休憩室の一つだ。入るといい」

中に進んでみると、ほっと一息つける小さな個室だった。窓も多いから日当たりもいい。

円卓には椅子が二脚、その上には子供が好きそうな砂糖菓子も用意されている。ティーカップも二人分あった。

（つまり初めから私をここに連れてくる予定だった……？）

周りに侍女もいない様子を見て、人払いされていると気づき、緊張が増す。

エドリファス国王に勧められるがまま椅子の一つに座った。

それは足元に台も用意されていたので、ティミアはそれが自分のための席なのだとも理解した。

彼は向かいに腰かけ、王冠を円卓に平然と置く。

「抜け出したりして、よかったのですか……？」

ティミアはそれを待って慎重に尋ねた。

「それは君のことかな？　それとも、私のことかな？」

「えぇと、陛下のことです」

「私は王だ。好きに動いていいのさ」

彼はティミアにも紅茶を勧め、今頃騒ぎになっているだろう側近のことを雑談のように語りながら涼しげな様子で紅茶を飲む。

ちょっと癖がありそうな国王だ。

ティミアも、失礼がないようひとまず紅茶を飲んだ。

（あ、すごく甘いわ……）

不思議だが、それはティミアが好きだった、父とのお茶でよく飲んでいた蜂蜜たっぷりの甘さだった。

ひとまず、タイミングを逃し続けているのも胃をきりきりとさせている。

ティーカップを持ったままである非礼に小さくなりながら、ティミアは告げた。

「アルジオラ王国の王であらせられるエドリファス国王陛下にご挨拶申し上げます。このような姿勢で申し訳ございません。私はエゼレイア国王の娘の一人、ティミアです。そして……クラウス・ガヴィウス伯爵の妻でございます」

目を丸くしたエドリファス国王が、次の瞬間愉快そうな笑い声を上げた。

「見事だな、エゼレイア王国の末姫ティミア王女よ。いいよ。気楽に飲みな。ここは私と君、二人きりだ。無礼講でかまわない」

まるで子供の相手をしているみたいに言われる。

話し方からしても、やはり彼はかなり若いと思われた。とはいえ、彼からすればティミアは子供。若くして一国の王になったので彼はやり手だろうし、子供の相手なんてしないだろうと、ティミアは身構えていた。だからティミアには意外でもあった。

「陛下が抜け出して訓練場に来たのは、私を見にですよね？」

失礼な発言に取られないのなら、と思って直球で確認してみると、エドリファス国王がそっとティーカップを円卓に置いた。彼の口角がますます引き上がっている。

「挨拶も見事だったが、さすがは敏いな。カークライド国王が寄越しただけはある」

「陛下は私の好みも知っておられるようだともお察ししました。その……私のことを知るほど父とは親しい仲だったのでしょうか？」

「このことは秘密にできるか？」

急にエドリファス国王の雰囲気が、話し方と共に引き締まる。

ティミアは緊張して背筋が伸びた。紅茶を飲んでいられる心境ではなく、ティーカップを円卓に戻すと聞く姿勢を示してうなずく。

「も、もちろんです」

「私は彼との仲を秘密にとお願いされ、口にしないようにしている。君の父であるカークライド国王には特別な恩もある。たとえば最近の大きなことだと、私が父と兄弟たちの暴走を止めるため終止符を打って全員処刑したあとも、助言で力添えしてくれた。まぁ、そういう仲だ」

どうやら王家は革命が起こっていたらしい。

家族を全員処刑、というのも恐ろしい話だ。

こちらにきて国王の悪い話は聞いていないので、恐らくは人々のために必要な革命だった……のかもしれない。

「ははは、まさか君が本当に抜け出すとは思わなかったな。そうなったら面白いな、くらいにしか思っていなかったが、おかげで呼び出す手間が省けた」

「うっ、その、私は子供ですから……」

「わかっている。私も幼い頃はよく抜け出したものだ。その行動力が私の強みでもある」

彼のことを少し知ったあとであるせいか、何気ない彼のその言葉には重みを感じた。

「今回の結婚について君は私のことが気になるのではないかと予想していた。舞踏会まで待つのかと思ったが、ここまで来てくれて嬉しいよ。その行動力を称えて、好きに、そして自由に質問を許そう。私に聞きたいことは何かな？」

大人のような探り合いの意識を持つ必要はない、と彼はわざわざ告げてくれていた。

敵なのか味方なのか、まだわからない。

ティミアは見極めるつもりで気を引き締め、彼と向き合う。

「私と話すご機会を考えてくださっていたとのこと、感謝申し上げます。クラウスはこの国の王家が与えた騎士伯爵の称号も持っていますが、陛下の直属というわけではなく、王城にも在籍していません。王城として利があると思って受理した結婚ではないですよね？」

「もちろん。私のところは必要な人材は足りているし、必要になれば自分で潰せるので、戦力の追加も今のところ必要ない。私こそが騎士王だからな」

エドリファス国王が満足そうな笑みを浮かべた。

さらりと語られた事実に、ティミアは驚いた。

（とすると彼……まさか、自分で処刑を決行したの⁉）

まさかと思って見つめたら、彼の整った目元が笑みを刻む。

「本当に賢い子だ。王子だったらこちらに引き込んで、私がじきじきに剣も教えていたであろうな」

推測は正解だった。

彼は、つまるところ『自分の手で革命を起こした』のだ。

（思っていた以上にやばい王さまだわ……いえ、やり手の国王なのね）

父も同じだ。穏健派として知られているが、同時に強国と近隣諸国にそう思わせて維持しているのは彼の実力と采配ゆえだった。

「君が聞きたいのは、結婚させた理由か？」

「は、はい、私の結婚には両国の王が合意したわけですし……なんのために六歳の私と彼を結婚させたのか気になっていました」

「結婚させたのは君の父だぞ」

「え……？」

「正確に言えば、初めに提案してきたのはカークライド国王だな。そして私は、私の目的もあってクラウスとの結婚を承諾した」

彼が呼んだクラウスの名前の響きに、ティミアは驚く。

「クラウスとご交友関係がおありなのですか？」

「幼なじみだ。これも公にはされていないが、前ガヴィウス伯爵は存命の際に、私の剣の師でな。私は兄たちにいじめられていて、それならば力をつけなさいと出会った彼に言われ、彼に直接剣の指南を申し出られたのが始まりだった。カークライド国王は——末子を幸せになれる場所に送り出したいと私に言ってきた」

「私が、幸せになれる場所……」

ティミアは、胸にじんときた。

（パパはやっぱり、私のことを想って結婚を考えたのね）

でも、なぜ隣国だったのだろう。

どうして婚約ではなく、たった六歳の身で結婚だったのだろう。

結婚をエドリファス国王が受理したのも疑問が残る。ティミアの印象だと、彼は利益がなければ動かない気がする。

「私は幼なじみにどうにか光を差してやれないかと考えた」

ティミアの視線から察知したのか、エドリファス国王が優しい目で笑いかけてきて、そう言った。

「光、ですか？　クラウスに？」

「その通りだよ。この国は元々、残虐な王を正義の騎士たちが打ち破って建国された。国民はみな、騎士気質だ。誰もが忠誠心が強く守りたい気持ちがある――そんな中、クラウスの一族は現在残っている〝諦めなかった最後の領主〟でもある」

「諦めていない？」

「君の国では考えられないだろうが、我が国では大地が死ぬ」

言葉が重くのしかかり、ティミアは膝の上で小さな手を握る。

「季節がなくなってしまう、んですよね……」

「そうだ。凍えるような大地は水も干上がり、狂暴な風が吹くばかり。ある時代、王は国民たちを守ることを優先して無理だと思ったら撤退せよと許可を出した。暖気を奪われた地を魔物から取り返せたのは、歴史においてわずかな例しかない」

「クラウスの領地以外の土地は、人が離れたのですか？」

「そうだ。あそこまで暖気を失ってしまったのなら勝機はほぼ消える、あとは徐々に、確実に〝大地食い〟の餌食になる。クラウスは守りたいと思っているようだが――私としては、もうじゅうぶん尽くしたと思っている。自由になって欲しい、と」

ティミアは胸がきゅぅっと切なくなった。

「……領地を捨てて、新しい土地に移って欲しい、と？」

「伯爵家の土地は、何もあそこだけではない。守りたい者ができれば魔物と対峙すること以外に希望と未来を見いだし、彼を変えられるのではないかとも考えた。君の父であるカークライド国王は『光を宿した子である』とも言っていたので、そこに少し私も賭けてみたいとも同時に思った」

何を？　とティミアは思った。

意味がわからない。そう戸惑って見つめ返すと、エドリファス国王が頬杖をついて、ニヤリとして覗き込んでくる。

「〝訓練場所〟とやらの旧小屋については、いいメイドを味方につけて、うまくいっているようだな」

ティミアは背にどっと冷や汗が噴き出すのを感じた。

「ど、どうして……」

「すべて知っている。私は騎士王だ、自らも動き、臣下の様子は見る」

そのカラクリについては教えるつもりがないようで、エドリファス国王は愉快そうに形のいい唇に人さし指をあてた。

「必要なら私も協力すると伝えたくて、今回君に接触した。私はクラウスにとっても、そして君にとっても敵ではない」

「……わざわざご協力をお伝えくださったのは、なぜですか？」

「時間がないからだ」

頬杖を解いたエドリファス国王の言葉には、重みを覚えた。

彼の目は笑いを引っ込め、その真剣な眼差しはティミアに言葉を失わせるほど、王としての威厳をまとっていた。

そのまま彼が立ち上がり、話は終了となった。

国王が消えたと騒がれていることを思うと長居もできない。

ティミアは彼と一緒に部屋を出たのだが、廊下を戻るように歩いていたらクラウスに出くわして、自分もそう時間がなかったことを思い出した。

「あ」

「――は？」

クラウスが自分の背丈の半分もないティミアを見つめ、それから視線を上げ、隣に並んでいるエドリファス国王を見る。

「やっ、クラウス。元気にしているか？」

エドリファス国王が、国王らしくないあっけらかんとした笑顔で片手を上げる。

「な、なんであなたが俺の妻といるのですかっ」

「席から抜け出すのを見かけたから、抜け出した者同士で挨拶もかねてお茶をしていたのだ」

あ、これはまずい、とティミアは思った。

エドリファス国王はあの話を二人だけの秘密にしたいのだろうが、クラウスの矛先が自分に向くのを感じて、ティミアは固まる。

「やっぱり何かしでかすと思っていた」

「お、怒ってます？　ごめんなさい……」

国王と内緒話をしていたなんて言えない。

クラウスが眉を寄せていて、ティミアはおろおろしてしまう。すると彼が嘆息し、歩みを速めて距離を詰めてくる。

「怒ってはいない。君ならじっとしていられないだろうし、君らしいとも思った」

「え？」

打って変わった落ち着いた声色に驚く。クラウスの目には苛立《いらだ》ちもない。かえって彼は、改めて目が合うと、小さく微笑みもした。

出会ったばかりの時と何かが違うと感じて、胸が騒ぐ。

けれどそれがなんなのか、ティミアにはわからない。

「ひゃっ」

目の前まで来たクラウスが、おもむろにティミアを抱き上げた。

（イ、イケメンの腕に……！）

こうされるとクラウスの顔が近くて焦った。

眺めていたエドリファス国王が、ニヤニヤして顎を撫でる。

「ほぉ。お前、幼女を腕に収める姿がさまになってきたのではないか？」

「陛下、お戯れを。彼女は六歳の子供です」

そうだった。でなければ、この抱き上げ姿勢はおかしい。

ティミアは納得したものの、なぜだか胸が少しちくっとするのを感じた。

「ふふ、将来は美人になるだろう」

「陛下にはあげませんよ」

ただの社交辞令なんだろうなぁなんて思っていたら、なぜかクラウスがティミアをエドリファス国王のそばから離した。

「今度こそ王妃から離縁を申し立てられても、俺は知りませんからね」

「む、それは困るな。第二妃は迎えないと言ってあるのに、たまに私の愛が信じられないらしい、どうしてだと思う？」

クラウスは何やら思い浮かんだ顔はしたものの、忠義な臣下のごとく口を閉じていた。

（信じてもらえないのは、その物言いのせいなのでは）

ティミアは心の中で冷静に国王にツッコミを入れていた。

第六章　無能だと言われていた末姫、本領発揮！

時間がないとエドリファス国王は言っていたが、なんなのだろう。

なんなのかはわからないが、彼が言っていた時の雰囲気は、ティミアの身が一瞬で引き締まるような感覚がした。

「とにかく私は特訓ね」

王城から戻った翌日、小屋が使えるようになった知らせがあった。

ティミアはその日のうちに小さく成長したプランターを庭師たちに分けてもらい、それを使用人たちと運び込んだ。

「武器化！」

それから四日、ティミアは午後の一部に時間をつくって小屋にこもっている。

やはり、五分五分で植物が光をまとった。

種で試してみると、芽がちょこんっと出ることもわかった。

「でも……これだけかぁ……」

芽を出してしまったことで増えたプランターの棚を前に、ティミアは自分には高さがあるそこに肘を置き、両手で頬を挟んで「ふぅ」と息を吐く。

この四日間の成果は『光る』『芽が出る』……以上だ。

（自国で力は検出されなかったし、やっぱり私にはこれがせいいっぱいなのかも）

疲労感を覚えながら身を起こす。

ひとまず芽を出させたものも、責任をもって育てるつもりだ。

庭師たちがくれた『奥様専用ジョーロ』というお手製の、管部分がやけに長いそれを手に取り、水をくんでプランターにかけていく。

これが前世の幼少期に見た『ゾウさんジョーロ』に似ているとは、考えないことにしていた。

確かに今のティミアの身長だと軽い、そして棚の上に届かせやすい、という利点が詰め込まれたジョーロではある。

「かけすぎには注意して、と……」

前世ではミニプランターで植物を育てる時間の余裕さえなかったから、姫なのに世話できることになったこの機会は、嬉しくもある。

「よしっ、水をかけたあとの反応の違いも試すわよ。ごめんねみんな、もちょっと付き合ってね」

ジョーロを置き、腕をまくって両手を前に突き出す。

「武器化っ」

一度目は反応がない。二度目もだめ。そして三度目で――手を向けた先にあるプランターの三つの植物が、微かに光を帯びた。

それが葉の上の水をこぼしながら、ぐぐっと少し伸びる。

「うーん……水を吸収している気配はないわね。生長に水のありなしは関係ないと……とすると、私が唱えたことで、なんらかの〝力〟が働いているのよね」

顎に手をやり、ティミアは顔の高さにあるプランターたちをじーっと見つめる。

「でも見れば見るほど　〝武器化〟とは違うみたいな気もするのよね」

〝武器化の力〟は、基本的に植物に影響を与えない。

土地、建物、武器、掃除道具、この小屋にあるあらゆる物に対して試してみたのだが、今のところ唱えてもなんの反応も示していなかった。

普通だと、その物体に光が宿り、対魔物の強い武器となるのだが──。

「あーっ、武器を強化できたら一番役に立つのに！」

ティミアは悩んだ末に考えがまとまらなくなり、頭をかいた。

力があっただけ喜ぶべきなのに、クラウスのことを知ったら、もっと力があればと欲が出た。

クラウスの強さは訓練場で目撃した。

年齢の成長なんて待っていられない。今すぐにでもクラウスの支えになりたい。彼をばかにしている人たちだって見返したいし、ここのみんなのためになりたいし、魔法剣のデメリットが想像以上に問題になりそうでクラウスの負担を少しでもいいから背負いたい──。

（名ばかりの妻だけど、彼の味方としてがんばりたいのよ）

だから今、人生で初めて、こんなにも力を欲してる。

その時、もう戻る予定時間になってしまったようで、秘密の共有者であるネリィが迎えにきた。

「まぁ奥様っ、どうされましたか！？」

中央で佇んでいるティミアを見て、彼女が駆け寄る。

「私が大好きな『かわいいジョーロを持ってかわいさ炸裂で笑っている姿のお出迎え』がないだなんてっ」

216

「待ってネリィ、あなたは何を期待しているの？」

「がんばられている奥様がかわいくって、目の保養です」

「……………」

言いきった。なんともすごいメイドだ。

（過ごす時間が急に増えたせいかしら。どんどん正直になっていく……）

けれど、彼女は今でさえ〝力〟に重きを置いていない。

期待に応えなければならないという重圧感を覚えさせないネリィに、ティミアは救われる思いで「ありがとう」と言った。


気を取り直して屋敷に戻ることにした。

ネリィが汗を拭いてくれて、作業服から、外に出ても問題のないドレスへと着替えさせてくれる。

『武器化！』と発動に必要な呪文を口にすると、とても疲れるのだ。

ひどく汗をかくことにネリィが気づいて、外の者たちには植物の世話用にと言って、訓練服を準備してくれた。

彼女には本当に助けられている。

まるで激しい運動をしたような汗、疲労感。だから、たぶん訓練方法は間違っていないとティミアは思っていた。

（お姉さまたちが自慢のつもりで訓練話を大きな声で聞かせてくれていて助かったわ。体の内側の力が流れて手に集まってきて、手のひらから放出するイメージで正しいみたい）

ただ、彼女たちよりも疲弊が大きい気がする。

まるで、鍵がかかっている状態の開かない扉を、必死になって開けようともがいているみたいな――。

（いいえ、力の出し方がよく掴めていないせいね）

植物になんらかの反応を起こさせる成功率は、五分五分だ。ティミアの祖国の人間だと『武器化』と唱えると必ず何かが起こる。

「さあネリィ、戻りましょ」

「はい、奥様」

ひとまず屋敷のほうに戻るべく、小屋を出る。

今日も大きな成果がなかったことに、内心ため息をこぼしていたのだが、通路が庭園へとつながったところで吹き飛んだ。

「そう落ち込んでどうした？」

鉢合わせして即、クラウスがティミアの脇に両手を差し込み、抱え上げたのだ。

（……最近、私を抱え上げる率が上がっていませんかね？）

意味もなく抱え上げるのはやめて欲しい。これでも中身は成人女性である。

王城でエドリファス国王と別れてから、クラウスは尋ねるだけなのにこうして抱え上げたりと、その行動が顕著だ。

いったい、王城で彼の精神に何が起こったというのだろう。

彼はティミアを子供だとはっきり言った。ティミアも六歳なので、子供扱いしないで、なんて言えない。

「いえ、別に落ち込んでいませんよ」

「そうか？」

うーんとクラウスが視線をそらし、考える。

（それ、私を下ろしてからにして欲しいなぁ……）

彼の筋力はかなりあるらしい。

六歳児を悠々と抱えたままでいるなんて、前世のティミアの経験からすると、あり得ない。

「植物を育てるのがうまくいってないのか？」

「いえっ、そんなことはありませんよ！」

戻ってきた彼の視線に、ティミアは興奮したように話す。

「先日、種から芽を出すことに成功した子たちの話をしましたよね？　その子たちもきちんと育っています！　新芽ってグリーンでつやつやしているんですね、私、かわいくってかわいくって、水をかけすぎないよう気をつけていて――」

ティミアは得意げに話した。

ティミアの力で芽が出たのは確かだが、その後の生長については、彼女の力がすべてではない。

翌日に小屋に行ってみると、目に見えてわかるくらい大きくなっているのだ。

びっくりして。そして興奮して庭師たちのところにプランターを持って走っていったら、生え始めは生長が速いのだと教えてもらった。

（私、植物を育てる才能があるかもしれない！）

むふふと思わず腰に両手をあて、胸を張る。

するとクラウスの手から震えが伝わってきた。なんだろうと意識して見て初めて、ティミアは彼が斜め下を見ていることに気づく。

「あのー……苦しそうですけど、そろそろ下ろしてはいかがでしょうか？」

クラウスは珍しく従ってくれた。見守っていたネリィが何やら含み笑いを浮かべ、にょにょしている視線が気になる。

というか、どうしてクラウスはここにいるのだろう。

「お仕事で必要なものがありましたか？」

「そろそろ休憩時間だろう。それで、来た」

「あ」

なるほどと納得した。

（私の食事だっていつもおいしそうに食べてくれるから、餌づけ効果で……？）

一緒に食事をするようになって、彼は本来よく食べる人であるのがわかった。

魔法剣のデメリットを考えると腑に落ちる。休憩にも何か口にしてくれるのは、ティミアも安心だ。

「今日は外を散歩しないか？」

急な誘いに、目をぱちくりとした。

「外、ですか……？」

「そろそろティミアも外に行きたがる頃だろうと思ってな。一人で行ったら危ないし、君が動く時は俺が同行する」

なぜ、こうも過保護になってしまったのだろう。

王城の一件があってから、クラウスが露骨に甘えさせることにも困っている。仲よくなれて嬉しいのだが、交流してくれることになんだかそわそわしてしまう。

（……たぶん、私が元気ないのを見越して考えてくれた、のよね？）

急な提案で戸惑いはあったものの、外に連れていってくれるという提案は嬉しいし、ひとまずティミアは了承した。

でも先に、彼の変化について危惧すべきだったのかもしれない。

クラウスと一緒に町に出たティミアは、領民たちには慕われているクラウスのイメージを崩してしまわないか、ちょっと心配になった。

「ティミア、甘いものは好きか？」

「ありがとうございます……」

あんなにツンツンしていたクラウスが、何かと世話を焼いてくる。

初めてのデートの時のぎこちなさはゼロだ。

（そうやってやわらかな表情をしていると二十歳っぽさがよくわかるような……ハッ、思えば彼も子供枠ではあるのよね）

前世で弟たちを育て上げてきたティミアは、クラウスは十七歳になる前にはすでに独り立ちを求められて、社交界で大半に味方がいない中奮闘してきたことを思い返す。

（そうよね、クラウスこそ楽しみ方も知らなくてかわいそうだわっ）

同情心がぶわっと溢れた。

彼が誘った理由はよくわからないが、今日はこの機会に彼にも楽しんでもらおう。

「任せてください」

「……嫌な予感がするのは気のせいかな」

「どうしてそんなふうに捉えるのですか。心強く思っていてください」

ティミアは片手に綿飴を持ったまま、頼もしそうに見えるよう胸を張る。

「んんっ、かわい……ではなくてだな、君は行動力が予想できないところがあるというか」

どういう意味だろう。

とにもかくにも、こういう時こそ幼女が役に立つのではないか。

そう思い、ティミアはやる気が込み上げた。仲がいい年の離れた兄妹っぽく見られてもいいのだ。

彼が、楽しんでくれるなら。

どうしてか先日のパーティーの様子が思い出され、強くそう思った。

「さっ、もっと歩いてみましょうよ」

ティミアはクラウスの手を取ると、引く。

身長差があるせいで彼は中腰だった。けれど、あまり速く歩くと危ないとティミアに言ってくる。

（こんなに優しいのに、冷酷だとか言う人がいるなんて信じられないわ）

憤りを覚えたティミアは、ふと、どうして彼のことをこんなにも考えてしまうのか疑問に思った。

この先がどうなるのかわからない。王命だから離縁を考えたこともないらしいが、彼が本当に好きな女性と出会えば、ティミアとはそこまでの関係かもしれない。

それなのに、ティミアは今の自分のすべてを注ぎたいと思っている。

そんな気持ちを抱くのは初めてで、よく、わからない。

『姉ちゃんの思うことは正しいよ。俺たち、姉ちゃんのそんな姿を見て曲がりもせずまっとうに生きられたんだぜ。兄貴たちも、今の会社に就職できたのは全部姉ちゃんのおかげだって言ってる。ありがとう』

前世の三番目の弟の声が、ふっと耳元によみがえった。

いつそんな会話をしたのかは思い出せなかったが、おかげで、今はこのままでいいとティミアは思えた。

（六歳でも役に立つ時がきたのよ。クラウスに楽しんでもらいましょっ）

恥ずかしさもかなぐり捨てて、ティミアは思いっきり子供っぽくはしゃいで、クラウスを連れ回した。

やはりクラウスはよく食べた。

あそこの菓子屋、こっちのパン屋……みんな『若き領主様』のことが本当に好きなのか、うちにおいでとどんどん声をかけてきて、食べ盛りと言わんばかりにティミアとクラウスにいろいろと食べさせてくる。

（うぅ、正直もうお腹いっぱい……だけど、がんばるわっ）

彼が楽しんでくれているのがわかった。

ちょっとしたことでクラウスが笑う。そんな彼の顔を見ると、ティミアはどうしてか胸がいっぱいになった。

二人で新しい発見をするため手をつないで町を歩くのに夢中になっていると、次第に町の影が伸びていった。

「そろそろ戻ろうか。送るよ」

彼は仕事があるのだろう。空が西日に変わろうとしているのを見てクラウスが言った。いつの間にか、屋敷からはずいぶんと離れた場所まできていた。

(——うん、どうりで足がきついと思ったわ)

幼女には相当な距離だったに違いない。来た道を戻るように歩きだした時、ふっとクラウスが気づいたみたいに隣から見下ろしてきた。

「抱き上げて運ぼうか?」

「ごほっ」

それ、成人女性に言ったら困らせますからねとティミアは心の中で答えた。

(恐ろしい、彼って天然な紳士なのかしら……)

ティミアはまだ幼女だが、恥ずかしいので外で『抱っこして運ぶ』は勘弁して欲しい。

「だ、だいじょうぶでーすっ」

ティミアは無理やり元気さをアピールしようと、駆けだす。

「あっ」

「何を言われても聞きませんからっ、私は自分で歩きますからー!」

耳を両手で塞いで走る。

一瞬目を瞑《つむ》ってしまったのが悪かったみたいだ。クラウスの提案を振りきれたと思った数秒後、目を開けたティミアは、心の中で絶叫を上げた。

向かいから大きな犬が突っ込んでくる。

（お、大きい……！）

そういえば、この世で犬を見たのは生まれて初めてだ。幼児には、こんなふうに中型犬が巨大に見えるのかもしれない。

そんな感想を抱くと同時に、あ、死んだと思った。

「ティミア！」

その時、すくみ上がって動けなくなったティミアを、クラウスが片膝をついて片腕ですばやく抱き寄せた。

そして――突進してきた犬の口に手を突っ込んだ。

「ひぇ、ひえぇぇぇぇ……！」

目の前で犬が気絶し、白目をむくのもばっちり見えてしまった。

犬がふっと意識を失って、倒れる。

「クラウス！　手、手……！」

「ああ、驚かせてしまったか。犬を止める一番早い方法だ」

なんて危険な方法だろう。

さすがは軍人だと思いつつも、ティミアは全身から力が抜けるのを感じた。

「あの……わんこは大丈夫なんですか？」

「たびたび徘徊している野犬の一頭だろう。彼らは魔物の侵入を知らせてくれる土地のいい番犬ではある」

そのようにして一般市民は察知をしているようだ。

人の通りが少ない場所だったのだが、何人かが気づいた。クラウスが巡回班を頼むと告げると、足に自信があるという青年が走ってくれた。

クラウスが咳払いをして、改めてティミアと目線を合わせた。

「まさか野犬に邪魔されるとは思っていなかったんだが、その……仕事に戻る前に、一つだけ今すぐに言っておきたいことがある」

「なんですか？」

「今日はとても楽しかった。よければ、また誘っていいか？」

照れつつも、クラウスが期待の目で見つめてくる。

ティミアは胸のあたりがきゅんっとした。

六歳なのに、彼に対してこんな気持ちを抱くなんて間違っていると思う。

でも、かわいいなと思ってしまったのだ。

(ううん今は、彼が楽しかったのならそれでいいの)

惹かれているのではないかと思える気持ちを、振り払う。

今、大事なのは彼のことだ。クラウスがまた散歩したいと感じてくれている。それを考えると、ティミアの胸は不思議と嬉しさで満ちた。

「はい。また、一緒に歩きましょうね」

心から微笑んでそう答えた。

クラウスが目を見開き、そして咳払いをした。

「ありがとう。では、帰ろうか」

「はい」

そう答えた彼が、当然のようにそのまま片腕でティミアを抱き上げた。

（……うん？）

ティミアは疲れたともなんとも言っていないのに、どうして彼は当然のように彼女を抱えて、帰り道を歩いているのか。

（まさかこの姿勢がデフォルトになったりしないよね？　さすがにそこまでの甘やかしはしないよねっ？　私、彼の子供というわけではないし！）


それから数日後、その間続いていた雨が上がってようやく晴れ間が覗いた。

午後の休憩時間を終えたティミアは、リビングでクラウスを見送って間もなく――。

「もう嫌っ」

ソファに座り、床に届かない足を閉じ、両手で顔を覆った。惹かれたとかそんなのきっと幻想だ。

今はもうクラウスに放っておいて欲しい気分だった。

お茶の片づけをしていたメイドたちが驚いて見てくる。

「寒さがお嫌でしたか？」

「申し訳ございません、今回かわいさに全振りした衣服にしてしまいました」

「誰か、急ぎ奥様にガウンを――」

「違うの！　私のっ、旦那さまのことです！」

あれからクラウスは、ティミアを自分で歩かせてくれない。

（どうしてこんなことになってるのっ）

わけがわからない。

久しぶりに晴れ間が広がり庭園の見回りをして、庭師たちとも打ち合わせしていたら、一時帰宅したクラウスが当然という顔でティミアを抱き上げ、お茶をすべく屋敷の中へ――。

見送ると提案したら、なぜか玄関まで同じように抱っこで移動させられた。

それは、先日の散歩から帰ってきてから、ずっと続いている。

「うぅっ、これじゃあますます子供扱い……！」

クラウスがドラゴンで飛び立つのを見送ってくれたモルドンが、「いったいなんの騒ぎですか」とリビングを覗き込み、震えているティミアを見て顔をしかめる。

ネリィが彼のもとに走り、事情を説明した。

「なるほど――奥様は嫌なのですか？」

話を聞きながらそばにきたモルドンが、尋ねてくる。

「だって、クラウスったら当たり前のように抱き上げるのよ？　私はクラウスの子供じゃないのに……」

なんだなんだと覗きに来ていた男性の使用人たちが、出入り口で「ぶふっ」と噴き出す。

自分の見た目が、この国では六歳以下に見えるのはわかる。

けれど、ティミアはなんとなく嫌なのだ。

どうも納得がいかない。抱き上げたクラウスがなんとも思っていないところにも、むかむかしてしまう。

するとメイド長が微笑んだ。

「旦那様のことがお好きなのですね」

「えっ」

好き――なのかどうなのか言われてもわからない。

騒いでしまうのはクラウスを一人の男性として意識しての反応、とも疑えるので、完全には否定できない気もする。

「……笑わないで聞いてくれる？　年齢差があるのはわかってるの。それなのに、妻相手にすることじゃないんじゃない？って思ってむかむかしちゃうの。それなのに胸がおかしくなくらい同時にどきどきしているというか」

これって、どういうことなのだろう。

するとモルドンと使用人たちが、微笑ましげな顔をする。

「時間が経てばいずれすっきりいたしますよ」

「えぇっ、モルドン、教えてくれないの？」

「笑ったりしませんわ。お互いを大切にされて、お似合いのご夫婦だと思います」

何やらメイド長と、ネリィがノリでハイタッチしていた。

（お互いを大切にしている……）

周りからはそう見えるらしい。

ティミアも、最近はそれを感じていたところだった。嫌々の結婚だったろうに、クラウスはこの屋敷に転がり込む形になってしまったティミアを、大切にしてくれている。

（それが抱き上げることに表れてる、とか？）

でも、どこをどうしたらそうなるのかという疑問に再び戻ってしまう。

うーんと悩んでいると、モルドンが胸に手をあてて言ってくる。

「お怒りではないのでしたら、そのまま旦那様の思い通りにさせていただけましたらと思います」

「えっ、させておくの？」

「はい。最近はよく笑うようになって私は嬉しいです。理解者であるご両親を亡くされた時、まだ十七歳になっていませんでしたからね。それを境に、旦那様は早く大人になられてしまいました。必要に迫られてのことでしたが、奥様に癒やされているのだと思います」

「私が、癒やし……」

前世でティミアも弟たちの存在に救われた。

クラウスも守るべき家族だと――少しは、思ってくれているのかもしれない。

（それなら……今は抱き上げるのも、見逃しておいてあげようかな）

犬の一件では、確かに力強い腕に守られた。

外に行く時には一緒に行かないと心配だというのも、クラウスなりの優しさ、だったりするのかもしれない。

（今は私が、彼の家族だもの）

本物の家族であり続けられるかは未来が来てみないことにはわからないが——ティミアから、クラウスのもとを離れることはないだろう。

初めは『味方になりたい』という気持ちだったが、今は、そばにいたいと強く感じている。

（私は、私のことをがんばらなくちゃ）

エドリファス国王とのやり取りを思い出し、ティミアは秘密の特訓に思いを馳せた。


それから数日が経った。

小屋を出たティミアは肩が落ちていた。

ティミアが一人にして欲しいと言うと、ネリィは気にかけながらも先に屋敷へと戻っていく。

ティミアは森林浴ができる果樹園へと一人進んだ。

「もうーっ、進展ゼロって嘘でしょっ？　私、才能なさすぎではっ」

木々に身を隠したところでティミアは叫んだ。

なかなかうまく進まない。もやもやした。

（どうしてできる時とできない時があるんだろう？）

それさえもわからない。

特訓を始めてから新しい発見も変化もなかった。無駄に時間ばかりが過ぎているような感覚に、焦りが込み上げる。

兄姉たちに話を聞いたほうがいいのだろうか。

教えを求められると気をよくするから、たぶんティミアに答えてくれるだろう。どうやって習得していったのかの方法についても、まだ覚えているはず――。

「うぅ、でもクラウスに迷惑をかけることになるかも」

ティミアは実をつけていない果樹の間を、ふらふらと歩きだす。

自国では『役に立たない姫』と敵が多かった。

クラウスは、自分の立場の難しさに置かれているところだ。それなのに巻き込んでしまうのも申し訳ない。

それに――怖い。

ここではみんな受け入れてくれているが、自分の家である自国の城でティミアは厄介者だった。

そう思い出したティミアは、それをクラウスに知られるのが怖いと思った。

(どうして？　怖いと思うなんて……)

気持ちを整理したくて一人で歩くのに、気持ちは全然落ち着かない。

「おやおや、夫のことを気にしているんですか？」

「うん、そうかも。なんだかクラウスに知られるのだけは怖いな、って……」

上から聞こえてきた声に、腑に落ちた。

どうやらティミアは、クラウスに対してだけ敏感になってしまうみたいだ。

「――て、待って」

ティミアは、ぴたりと足を止めた。すると風が起こって、振り返ると、そこには白銀のドラゴンを着地させたディーがいた。

「あ、あなた、どうしてここにっ」

「んー、奥様には言っていいと言われたから言うけど、国王陛下の遣いで見てこいと言われました。私も、寄越された理由までは聞いてません」

ディーはにっこりと笑った。

彼が乗っているのは最も速く飛べる白銀のドラゴンで長距離用だ。それであれば、王都とここの往復だって可能になる。

エドリファス国王は、よほど先のことまで見える人らしい。

「陛下に呼ばれて王都に行っていたんですか？」

「うん、そう」

「じゃあ、私の独り言も意味がわかって――」

「いや？　気にかけているのかなと思って質問したんですけど、なんだか私と違うことを考えての言葉だったみたいですね。私に相談してみません？」

力のことは、言えない。

ティミアがぐっと唇を閉じると、ディーが狐みたいな顔を傾ぐ。

「おや、幼女なのに、子供らしからぬ問題で悩んでいるみたいに感じます」

「……あなた国王陛下の部下でもあるのね。何を知っているの？」

「疑い深いところも大人びていますねぇ。実のところ、奥様が〝武器化の力〟を持っているらしいと言われました。らしいということは可能性なのかな？　陛下には、ただ奥様の『力になれ』と言われて、そう伝えるようこちらに寄越されました」

タイミングのよさに戸惑いつつも、確かに情報屋の彼なら、とティミアは期待が込み上げる。

「もしお願いしたら、引き受けてくれたりするのですか？」

「んー、私の主はクラウスですし、国王陛下に雇われてるのは、ガヴィウス伯爵家のためになるからです。先代の遺志でもありますからね。知っていることは話しますけど、別依頼に関しては、私の興味を引くかどうかによりますかね。今、タイミングがちょっと悪くて、私も忙しいんです」

何か、気にかかることでもあるらしい。

「エゼレイア王国の〝武器化の力〟のやり方とかは知ってる？」

「知ってますよ。魔法とはまた違った特殊な使い方ですよね」

それで国王は彼を寄越したのかもしれないと、期待感が高まる。

「あれでしょ？　手を前にかざして『武器化』と唱える。その言葉が魔法使いでいう呪文の役割を果たしてるんですよね」

聞いた途端、ティミアはがっくりとした。

「そうしてもできないから困ってるの……」

「同じ力ならなんとかなるんじゃないんですか？　あっ、それとも手の位置が違うとか。片手か両手で、触れるか触れないかという四パターンがあるらしいですよ」

それが基本の型なのだとか。

ティミアは力がなかったからそこまでは教えてもらっていなかった。近くにまだ人は来ていないとディーが言い、ドラゴンから飛び降りて教えてくれた。

ティミアはひとまず言われた通りにしてみた。

「武器化っ」

だが、反応は起こらない。

母みたいに天空に手を掲げて唱えてみても、もちろん周りに溢れる植物に変化はいっさいなしだ。

「今のポーズ、何？」

「私の母さまがしていたんです」

「ふうん？　つまり正妃か」

言いながらディーが腕を組み、首をひねる。

「確かに何も起こらないですねぇ」

「起こっても五分五分なの、見てて」

ティミアは四つの型を繰り返してみた。すると、繰り返す中で、バラバラな型が植物をほんのりと光らせた。

ディーが膝に両手をあて、それを覗き込む。

「光ってるけど、武器になっている感じはないですね」

「植物が武器になるのは聞いたことがないですから、ディーの言葉は正しいと思います。普通は硬い物に作用させて、強化させるものですから」

「うーん、謎ですねぇ。奥様の力はどの武器と相性が合うのかな？」

「……わからない。何もわからないから、困ってるの」

ティミアはうつむく。

涙がじわりと浮かんで、ディーが慌てた。

「奥様っ、今のを見ていると、発動するタイミングは呪文も型も関係ない気がしてきました。別の方法を探しましょうっ」

「時間がないのに、いろいろと方法を試してもできないでいるの。毎日努力してるのに、何も変わらなくて……素質なんてない、だからうまくできないんだ。それだったら私、クラウスの助けになれないっ」

感情が熱く込み上げてくる。涙がいよいよ目にたまった。

希望を見いだしたからこそ、つらい。

先日、足元に異変が起こった時にティミアは、自分にもエゼレイア王国民として〝武器化の力〟があるのかもしれないと期待を抱いた。

父と、母も持っている力。嬉しかった。

けど努力しても、せいぜい植物を生えさせるか芽を出させるか、ちょっと光るだけだ。

なんの、役にも立たない。そう絶望している。

「奥様、奥様頼みますから。私、子供に泣かれるのはほんと苦手なんですよ。私が情報屋を継ぐことを決めたのも、泣く子供が一人でも減ったらいいなと思ったからなんです」

それは意外な志だった。

ティミアがつられて見上げると、ディーが腕を掴み目線の高さを合わせてくる。

「私は、故郷であるこの領地が大好きなんですよ。弟や親族たちのように剣を扱ったり戦う才能はなくて、自分に失望しました。ですがどうしても一緒になって守っていきたくて、そしてイディック家を継いだんです」

イディック、それがディーの生家であるらしい。

とすると、彼は当主なのだろう。

「私だって、好き……」

ティミアはディーに答えた。

みんな温かくて、大好きだ。

だから自分の可能性を見せられた時に、願ってしまった。

（みんなを守りたい、クラウスも守ってあげたい――）

六歳の自分にでも、力があればできること。

その時、ティミアは自分の足元が光るのを見た。

植物がティミアの胸の高さまで一気に茎を伸ばし、あっという間に彼女の周りが緑に溢れた。

驚きのあまりティミアの涙も止まる。そんな彼女の視界の端で、伸びた植物たちが、ぽん、ぽん、ぽんっと花を咲かせた。

「……は？」

「……え」

ディーに続いて、ティミアもぽかんと口を開けてしまった。今やティミアの周りだけ、不自然に植物が伸びて花が咲いている。

彼が指の腹で花に触れ、それからティミアへと視線を戻した。

「奥様、何をしたの？」

やはり彼も見たことがない現象みたいだ。

「わ、私もわからないんです。そんなつもりじゃなかったので、びっくりしているんですよ」

「ふうん、これは確かによく知られている〝武器化の力〟とは異質みたいですね――ちょっと私、調べてみますよ」

「いいの？」

「はい。興味が湧きました」

ディーは考え込みながらドラゴンのもとに歩いていく。

そうしてティミアのほうを振り返ることもなく、そう答えながら白銀のドラゴンにまたがり、そして空高く飛び立っていった。

（いったい、どうなっているのかしら……）

ティミアは自分の前に目を落とす。

（私、呪文も唱えなかったけど？）

とはいえ、咲いた花を見ていると心は和やかになった。

不自然に生えているが、刈り取ってしまうのももったいない。

「明日、ネリィにも見せてあげましょ」

わけがわからないにしろ、特訓の中で初めての変化だ。一緒にがんばってくれているネリィにも見せてあげたい。

まだ伸びしろや追求の余地はあるのだろう。

そうティミアは自分を鼓舞して、歩きだす。肉体が子供だからといって、先程の取り乱し方には反省もした。

（ディーも協力してくれるようだし、私も諦めずいろいろと試してみよう。それについてはネリィ

にも意見を求めてみましょ）

もしかしたらいい案が出るかもしれないと思いながら、その場をあとにする。

だが歩いて道を引き返して木々の間を出たら、また聞き覚えがある翼の音がした。

「えっ？　戻ってきたの？」

足を止め、ぱっと見上げて――ティミアは固まった。

そこにいたのは、ブルーのドラゴンにまたがったクラウスだった。

彼は急ぎドラゴンを着地させると、半ば飛び降り、そして駆けて向かってくる。

「えっ、ど、どうし――ふぎゅっ」

「ティミア！　ディーに何か言われたのか？」

急に抱きしめられてそんなことを言われても、話が見えてこない。

というか、身長差的に足が浮いてしまうので突然の抱擁もやめて欲しい。

「むむーっ」

ティミアが両手で彼の胸板を叩くと、クラウスが気づいて下ろしてくれた。

すぐにクラウスが片膝をついて、視線を合わせてきた。

「ディーが俺のところに来ないまま去っていくのは初めてだ。昔から共に育ったが、彼の女性の好みを把握しているわけではない」

「はい？　女性の好み？」

「君に興味を持ったのではないか？」

なぜ、そんなことを言われているのだろう。

まくし立てられたティミアは、疑問符が頭の上にいっぱい浮かんだ。見つめてくるクラウスは至極真面目だ。

「……あの、クラウス？　少し整理をしたいから私の話をまずは聞いて欲しいのですけれど、いいですか？」

「なんだ？」

「あの、私、六歳です」

ひとまず、事実を告げる。

「そうだ。君は六歳だ。だから成人するまでに生涯寄り添う相手を選ぶ権利もあるだろう」

「え？」

ティミアは固まった。

クラウスの真面目そうな顔は変わらなかった。彼の魅力的なルビーの瞳には、ただティミアだけが映し出されている。

──いらない。

そう彼に考えられているのではないか。

そんな想像が不意に起こり、質問された内容も頭から飛ぶほどティミアは内臓が冷えた。

「……も、もしかして、クラウスはそういう女性が他に見つかったりしたんですか？」

「違うっ、見つける気はないっ」

焦ったみたいに彼がティミアの腕を掴んでくる。

「俺が言ったのは君の権利のことだ。君の気持ちを大切にしたいからな。ただ俺は、君にはそばにいて欲しい」

「え？」

「俺の妻は、君だけがいい。ずっと妻でいて欲しいんだ」

心臓の音が、急にどっどっと大きく鳴り始めた。

先程、まるで結婚予定の相手を誰かに取られそうになって焦っている男性の言葉みたいだと感じていた。

（まさかそんなのありえないわ。私は六歳で……）

「ディーさまのことは、誤解です……彼は私を見かけて、小さいから……心細くないように声をかけてくださっただけで……」

声が、胸の大きな鼓動に合わせて震えそうになる。

「そうか。よかった」

ほっとしたクラウスに混乱が加速した。

いったい彼は、どうしてしまったのだろう。

「あ、あのっ、クラウスはずっと私が妻のままでいていいと思っているのですか？」

「そうだ」

はっきりと答えが返ってきて、呼吸が止まりかけた。

「ティミアがいると心が穏やかになる。まだ両親が生きていた頃の気持ちと感覚を、君は思い出させてくれた。ティミアといる空気は好ましい」

立ち上がったクラウスの微笑みは、とても穏やかだった。

それは、いったいどういう意味なのだろう。

どういう感情で彼はそう語っているのか？

ティミアは胸がどくどくして、突然のことで頭の中もパニックになっていて、うまく考えがまとまらない。

「私……六歳なのに……」

ようやく口から出た言葉は、それだけだった。

「たった十年だ。君が真の妻になれる日をそばで待つくらい、苦じゃない」

その時、上から知った男の声が聞こえてきた。

「隊長！　魔物発見の狼煙《のろし》が上がっています！　急ぎ向かわないとっ」

「わかった！」

クラウスは上空でドラゴンに乗っていたアルセーノに答え、それからティミアの頭をぽんぽんと撫でた。

「慌ただしくてすまなかった。じゃあ夜に」

クラウスはドラゴンにまたがると、あっという間にアルセーノと合流し、西の空へと見えなくなっていった。

ティミアは、思わずその場にへたり込んでしまった。

「ど、どういうことなの？」

庭園に残された彼女の顔は、じわじわと赤らんだ。

第七章　幼女妻はがんばります！

なかなか戻ってこないことを心配したネリィが迎えに来て、ティミアは彼女に手を取られて屋敷に戻ったが、戻るまでの間の記憶はない。

メイドたちはティミアの様子を見て驚いたが、慣れないプランターの世話で疲労がたまっているのだろうと、自室でしばし休むことになった。

（彼はいったいどうしたのかしら、何があったの？）

クラウスから言われた言葉が、頭の中をぐるぐると飛び回っている。

彼は、妻になれる日をそばで待つと言ったのだ。

（まるでプロポーズ……）

と思った瞬間、寝椅子に横になっていたティミアは、そこにあったクッションに顔を思いきり押しつけた。

口から出た「きゃー！」がくぐもる。

（そんなわけない。彼は家族としてそばにいていいという気持ちがあって、そう言っただけ）

でもそんなこととは別に、口元は緩みっぱなしだ。

「……嬉しい。私、ここにいてもいいんだ」

不透明だった未来が、確定した。

ティミアは彼のそばで大人になるのだ。クッションを下げると、抱きしめた状態で、彼女は天井をぼうっと見つめる。

「妻は私だけでいいって言ってたけど……どういう意味なのかな……」

勢いで言っていた感じもあるから、変な意味はないかもしれない。ここ最近の彼の子供への献身さや、年齢差を考えるとそう思える。

でも、十年も待つなんて、軽々しく言えるだろうか？

（帰ってきたら話してみようかしら）

それなら、夕食も話題をつくれるようなラインナップがいい。

思い立ったら即行動だ。ティミアは、早速立ち上がる。

厨房に夕食の打ち合わせに行くべく部屋を出ると、ネリィたちが待っていた。

「元気になられてようございましたわ」

「うん、少し体力消耗しちゃってたみたい。次は気をつけるね」

だがその日――クラウスは帰ってこなかった。


翌日、朝日が昇って間もなくだというのに、王城の騎士から知らせを受けたティミアは慌ただしく身支度に追われていた。

「伯爵が動きを制限されるなんて、許されないことよ」

ティミアは久しぶりに頭にきていた。

どうやらクラウスは、隣の領地を管理するバクゼクト伯爵家から魔物退治の要請を受け、アルセーノを含めた部下数十名とドラゴンで向かったらしい。

けれど、それはバクゼクト伯爵家の企てだったようだ。

クラウスはそこで足止めを食らっている、とエドリファス国王から返事があった。

昨日、クラウスの部下たちが、帰りは今夜遅くになるか明日になりそうだというクラウスからの伝言を持ってきた。魔物がたくさん出たので助けてくれと、バクゼクト伯爵から〝いつものように〟要請があったということだった。

久しぶりにバクゼクト伯爵の名前を聞いて、何を勝手なことをと嫌悪感が込み上げた。

徹夜するような討伐仕事をクラウスにさせる権利などないだろう。

ティミアは夜はきちんと帰し、残りは翌日にこなせばいいと思って、夫を返して欲しいと遠回しに書き込んだ手紙を騎士に預けた。

そうしたら、銀色のドラゴンで屋敷を発った彼は、間もなく返事を持ってきた。

『苦戦する数なので魔物の討伐が終わるのはいつかわからない、しばしお借りする』

そんな感じの失礼な返答がきた。

日をまたぐ依頼は珍しいという。騎士たちも不安な様子だったし、それに感化されてティミアもバクゼクト伯爵への警戒心が高まった。

そこで、すぐこのことをエドリファス国王へ報告するよう騎士たちにお願いした。

そうしたところ、今朝裏づけが取れたとエドリファス国王からの手紙が、彼の信頼がおける護衛騎士によって届けられた。

――簡単に言えば、まんまとハメられた。

護衛騎士は手紙と一緒に、通信機を持っていた。

この世界には、かなり高価だが魔法の通信機が存在している。手紙を送る転移魔法、そして直の会話も鏡のようなその道具でできるのだ。エドリファス国王は手紙に通信したいとも書いていた。

そこでティミアは使用人たちに頼んで空いている個室に通信環境を整えるよう頼み、護衛騎士には通信機器の設置をお願いし、自分の身支度も進めて忙しくしているところだ。

「奥様、部隊の方々がまたいらしていますが」

「話をまとめてから説明するわ。――今伝えても、混乱が増すだけだと思う」

ティミアはエドリファス国王と顔を合わせるにふさわしい、それでいていつでも外出できるドレスを着た。白い手袋もしっかりとはめてモルドンに答えた。

今のところ手紙の内容を把握しているのは、屋敷の内部に関わる者たちだけだ。

エドリファス国王からの手紙によれば、隣のアーノルドラン領の領主であるバクゼクト伯爵家の狙いは、この大地に最悪の魔物たちを誘導することだ。

それは〝大地食い〟である。

その卵が意図的にアーノルドラン領の端、つまりはクラウスのガヴィウス伯爵家のロードライン領に面した場所に移動されていることが判明した。

〝大地食い〟の活動期は、秋に入ってからだ。

領地内にも卵は大量に確認されており、孵化した場合、それらは大地の〝暖気〟を食いに動く。

その際、ドラゴンが少ない地域を目指すという特徴もあるのだとか。

【まったく、バクゼクト伯爵家程度にしてやられるとは】

時間ぴったり、ティミアは指示通り個室に一人だけで入って、通信をつなげてエドリファス国王と対面した。

窓にはカーテンが引かれ、部屋の中央に置かれた円卓の通信機器から、見目麗しいエドリファス国王の姿が浮かび上がっている。

「申し訳ございません」

【君のせいではない。六歳の姫に責任を取らせる王がいるものか】

エドリファス国王の声は硬い。

ティミアは、言葉のあとに吐かれたため息に肝が冷える。

今、この領地がかなりの危険に晒されている現状を知ったせいもあるだろう。

【卵の孵化がそろそろだというタイミングで、バクゼクト伯爵家の領地に魔物が溢れたのも事実だ。恐らくは自分たちで討伐をわざとせずに放置していたのだろうと、現場を調べた諜報員は話している。役に立たない貴族など欲しくないのだがな】

そこまでするか、とエドリファス国王の声には殺気がこもっている。

至極簡単な罠だ。

バクゼクト伯爵家は自分たちの近くでの魔物討伐を中止。その間に〝大地食い〟の卵を集めて領境へと移動する。そして『魔物がたくさん出たので助けてくれ』とクラウスに泣きつく。

クラウスたちは、人々のためという正義感を利用される形でバクゼクト伯爵の領地へと出向くことになった。

（悔しい）

ティミアは、手に拳を作る。

この年齢もそうだ。どうして自分は、十年早く生まれなかったのだろう。

（もう少し年齢がいっていたら、クラウスは〝大地食い〟の卵のことを共有してくれたはず……）

〝大地食い〟の孵化が近いことは確認されていた。

それに合わせて卵が人間の手で意図的に移動され、そしてこちらの領地内から数十頭のドラゴンが隣の領地へと出された――。

それを聞いて、ティミアもある程度は予想がつく。

二十歳のクラウスが当主なので、領地を奪取できるとバクゼクト伯爵家は考えたのだろう。

そこに人の命が危険にさらされるかどうかなんて考えられていない。

人が暮らせなくなってもかまわない。ただ利益があるから財産として大きな領地をさらに保有したい――。

いや、もしかしたらバクゼクト伯爵は利用された可能性もある。

そんなこと考えつくような大物ではないとティミアは感じた。けれど今は、そんなことどうでもいい。

【嫁いで間もないというのに、君には気苦労までかけるな。まったく、カークライド国王に合わせる顔がない】

エドリファス国王の声が聞こえて、ティミアはハタと顔を上げた。

「いえ、陛下は何も悪くありません」

【この知らせは秘密のものだ】

「存じ上げております、偉大なエドリファス国王陛下」

ティミアは映し出された通信機の前で、姫として最上級のカーテシーを見せた。

「一つの貴族に味方することは許されない立場なのは、私も理解しています」

【ははっ、聡明だな。泣きついたりはしないのか】

「そんなことできません」

王の立場が、王の自由にならないことを多くつくっているのは、ティミアも父と母を見てよく知っている。

エドリファス国王がしばし間を置いた。

【私がしてやられたと口にしたのは、クラウスだ。まんまと正義感を利用された】

「はい」

【何度も忠告はしていたんだがな。彼はしっかりしているようで——優しすぎる】

「はい、それは私もわかっています」

クラウスのやわらかな表情。二十歳らしい飾らない笑顔を思い浮かべると、よくわかる。

クラウスは自分がしなければと、民衆のために立ち続けている立派な領主だ。

そんな彼の堅実な姿勢に、支えたいと思って領民たちも屋敷の者たちもついていっている。

それは、クラウスだけが持つ魅力でもある。

【私は騎士同士のいさかい、とくに戦力となる味方同士の潰し合いはご法度としている。部隊を突入させることは避けてくれ。今後の対応についてもすでに動きだしている。そこは私を信頼して託して欲しい、いいな?】

「はい。それで今のところは陛下が関わっていることは秘密でございますのね？」

【その通りだ。うむ、ますます妃に欲しいな】

そんなことをさらりと言うので、奥様を誤解させるのでは、とティミアはちょっと思ってしまった。

【時間がない。バクゼクト伯爵は愚かにも自分の領地にある〝大地食い〟の卵を運んだ。人間の体温を与え、刺激をしたことで、孵化の時期が早まる】

つまりは爆弾みたいなものなのか。

ティミアは気持ちと共に背筋が伸びた。

「私がするべきことは、隣の領地からクラウスを引っ張り出すことですね？」

【そうだ。できそうか？　六歳の君に貴族とやり合えというのは、いささか酷なことではあるが――】

「平気です。私は〝姫〟ですから」

ティミアは毅然と顔を上げて答えた。

正直に言えば、人とぶつかり合うことは避けてきたから、経験がないし――怖い。

(でも、守るためなら役者になりきってやるわ)

妻でいてくれていいと言ったクラウスのために、ティミアができることを全力でする。

通信機から投影されているエドリファス国王の顔に、優しい笑みが浮かぶ。

【それは頼もしい。任せたぞ】

「はい。一つお聞きしたいのですが、〝大地食い〟がドラゴンを避ける傾向にあるというのは理由が判明しているのですか？　ドラゴン単体では対魔物の戦闘力にはならない、と聞いています」

【その通りだ。ドラゴンは草食種、サポートはできても殺傷はできない。だが、魔物は確かにドラゴンがいるところを回避する傾向にあるのだ。まだ解明はされていないが】

「不思議ですね……」

【そうだな。ただ〝緑から生まれし光り輝くモノを、悪しきモノは嫌う〟という聖書の言葉があり、その説を信じる者は一部いる】

「緑……？」

なぜか、彼の言葉がティミアの頭に引っかかった。

【我が国のドラゴンは正義の象徴だ。つまり、緑から生まれし光り輝くモノ。〝大地食い〟は暖気を食い光を奪い、何もない大地に変えてしまうので、悪しきモノ。それらを関連づけた言葉であるとも取れる。真意はわからん】

「ふふ、光は、たしか陛下がお父さまから聞かされた言葉ですね」

【我が国では祈りの言葉として大切にされているからな】

無理やり笑ってみせたら、覚悟は自然と固まった。

（光を宿している子、か）

父が、エドリファス国王に告げたという言葉を思い返す。

そうだったらいいな、と思う。

クラウスや、この領地の人々にとって光が差し込むきっかけになれるようがんばりたい。クラウスはティミアにとって、大切な人だから。

今となっては、父からの結婚命令に感謝していた。

クラウスと出会えた。ここの土地の人々は、ありのままのティミアを受け入れてくれている。

祖国の後宮の側妃たちや兄姉たち以下のバクゼクト伯爵になんて、負けるもんですか。

「それではエドリファス国王陛下、私はこれから、私の夫を取り返しにいってまいりますわ」

悪女になりきったつもりでティミアは優雅に振る舞った。

にっこりと笑いかけた時には、迷いも恐怖も覚悟の下に引っ込んでいた。

◆◆◆

目の前にいた最後の魔物が崩れ落ちる。

「やけに魔物の数が多いな」

その魔物に魔法剣を突き立てたクラウスは、魔物の動きがやんだところで、頬から流れ落ちる汗を手の甲で拭った。

「討伐をさぼったのではないでしょうか。責務を果たさないなんて信じられない領主ですよ……」

アルセーノも汗を拭いながら言うと、次々に部下たちから不満が出される。

この数はおかしい、と。

しかしながら魔物の活動期だ。数年に一回は、このようなことがある。

「バクゼクト伯爵家は、騎士一族ではない」

「ですが、〝大地食い〟の卵の件もあるのに、タイミングは最悪です」

「放っておくとこの魔物たちは、双方の領地の間にある民間区域に攻め入るだろう。まさか民間人を見殺しにしてワザと魔物を放っておく人間がいるはずがないだろう」

言い聞かせると、アルセーノと数人はまだ不満そうにしていたが、他の騎士たちは「確かに」と同意の空気を漂わせた。

「さあ、できるだけ早く終わらせて、俺たちの領地に帰ろう」

待機させていたドラゴンたちに口笛を拭き、移動の合図を出し、クラウスたちは飛行に不向きな生い茂った森の中を徒歩で進む。

魔物がいれば、ドラゴンが頭上から教えてくれる手はずだ。

（できるだけ早く、帰らないと）

クラウスはティミアのことを思い浮かべていた。

昨夜、そして今朝も彼女に一人きりの食事をさせてしまったことを思うと、胸が痛む。

その切ないような痛みは以前と違っていた。

昨日、ティミアがディーといる光景を偶然にも空から目撃した時、胸に激しく込み上げたのは焦る気持ちだった。

——取られたくない。

そんな焦燥感だ。

それは年下の妹みたいな女の子に抱く気持ちではない。

ティミアは〝姫〟だ。エドリファス国王が彼女との婚姻を結ばせたのも、両親の急逝から貴族としての基盤が弱くなってしまったクラウスを見かねて、であることは推測している。回復すれば離縁していいぞなんて簡単に許可してくるのだろう。

彼女はまだ六歳。彼女の意思や、両国どちらかの王の政治的な采配によっては、クラウスのもとは預り所という役目だけを果たし、ティミアは別の場所に嫁ぐ可能性だってある。

そんな推測が、ディーが木々の間に隠れるようにしてティミアと会って話しているのを見たあの時、一瞬にしてクラウスの胸と頭に溢れた。

その瞬間、彼はすっかりティミアに心を奪われていた自分に気づいたのだ。

クラウスは——彼女と夫婦になりたかった。

ティミアと生きていきたいと、心から思った。

そう思った時にはドラゴンを向け、そうしてディーを見送った小さな彼女へと飛び込み、抱きしめていた。

どこにも行って欲しくない、ここにいてくれ——そう、心から強く思って。

そう、彼女のもとを離れてからクラウスは心の整理がついた。

(中途半端で別れてしまったせいで、どんな顔をして会えばいいのかわからないのは悩みどころだが)

伝えることは伝えた。妻は、君がいい、と。

クラウスは十年でも、彼女の国の成人扱いが十八歳だとしたら、十二年でも待つつもりだった。

離れていって欲しくないと、ずっといて欲しいと心から感じた。

討伐を早く終わらせて、彼女の待っている〝家〟に帰りたいと思った。

◆◆◆

まだ午前十時だというのに、バクゼクト伯爵邸は、どういうわけか親族一同が集まって賑わっていた。

恐らくは、昨日から泊まり込んでいたのだろうとは容易に想像がつく。

それがどういう意味のお祝いで——と考えたらティミアは、切れた。

「わたくしの夫はどこです？」

戸惑いながら主人たちがいるホールへと案内した使用人も、その場で慌てて出てきて鉢合わせする形となったバクゼクト伯爵夫妻も、ティミアのまとう気高いオーラに気圧されていた。

ティミアは、なまやさしい愛想笑いなど浮かべていなかった。

子供らしい愛らしさを潜めると、その金髪と気高さ溢れる眼差しは、強国カークライド国王の高貴なる血筋を思わせる圧がある。

「ど、どういう意味ですかな、姫君」

バクゼクト伯爵は、子供だからと丸め込みにかかることにしたらしい。手をもみ込んで無理やりやわらかな笑みを浮かべた。

そんな彼を、ティミアは眉一つ動かさずに一蹴した。

「わたくしにその手は通用しませんわ、バクゼクト伯爵。話が長くなるようでしたら、別の誰かに話者を代わっていただきます。ここにいる全員が今回の〝共犯者〟という認識でよろしいですわね？　何かあれば、責任を取ってくださる、と」

扇をここぞとばかりに広げて目を少しだけ細めてみせる。

そのやり方は、いじわるでいて、とても賢い一番上の姉王女がしていたことだった。

父の血を引いているみんなが、そうすると目元がそっくりだと言われていた。それを利用しない手はないとティミアは思っていた。

ワイングラスを持っていた親族一同が、青ざめる。

しん、と場に沈黙が落ちた。

意味深長な言葉を投げただけで、ボロを出すみたいに表情に死相が出ている。

相手はたかが六歳の妻だと思っていたのだろう。バクゼクト伯爵夫人が、露骨に表情をゆがめ、手に持っていた扇を握る。

「突然のご来訪は失礼ではありませんこと？　姫だからと言って許されるとでも？」

「ええ、許されますわ」

はったりでもなんでも、かましておく。

「あなた方が不正に魔物の討伐を怠ったという事実は、この国の貴族の義務に反する行いでなくって？　それを、わたくしに騒がれたいのですか？」

バクゼクト伯爵夫人は権力に弱い人だ。

自信が揺らぐことなくティミアが見据えれば、黙ってくれる。

「手紙は拝見いたしましたわ。ですが、あなた方のどこにわたくしの夫を自由にできる権限が？　夫を所有しているのは、わたくしです」

「所有だなんてっ」

吠《ほ》える機会を探すバクゼクト伯爵夫人を黙らせるべく、ティミアは扇を閉じて、パチンッと手に打ちつけ――そしてここぞとばかりに軽蔑の眼差しで睨みつけた。

「彼はエゼレイア王国カークライド国王の娘を娶ったのです。彼は、わたくしの騎士でもあります。これからは何かなさる時は、ガヴィウス伯爵家の女主人となったわたくしを通してくださいませ。わたくしの指示で、我が伯爵家の部隊、および協力態勢にある各地の部隊や騎士団も、こちらの支援を打ち切れることをご理解いただければ、と」

「それは困ります！」

バクゼクト伯爵夫妻が青ざめ、同時に悲鳴のような声を上げた。

彼らは戦いを外部に任せっきりだ。

そのため、外部から支援が少し切れるだけで、魔物に領地内を蹂躙《じゅうりん》されるばかり。

（まっ、私はまだ直接その方々とお会いしてはいないけど）

モルドンからガヴィウス伯爵家のことや、この国ことをいろいろと学んでいてよかった。

ティミアはトドメのようにバクゼクト伯爵夫妻、そしてその後ろにいる先日の失礼な令嬢令息にも向かって、にーっこりとする。

「立場の違いはおわかりいただけましたね？　さあ、わたくしの夫の居場所を教えてください。自分で迎えに行きますから」

同じ伯爵家とはいえ、持っているものや、格が違う。

バクゼクト伯爵夫人が戦意喪失したように腰を抜かしてしまった。見守っている親族たちは恐れて身動き一つしない。

エゼレイア王国の姫、と囁く声だけが小さく上がっている。

「は、はい、ご要望の通りにいたします姫君」

バクゼクト伯爵がぺこぺこしながらそう言い、使用人に急ぎ地図を持ってこさせる。

そこに、バクゼクト伯爵がしっかりと印を入れる様子を、ティミアは一挙一動見逃さずに見ていた。

(呼びに行くといって、時間稼ぎされたらたまらないわ)

ティミアはもう彼らのことはすべて疑ってかかると決めていた。

魔物を放置してまでの策略なんで——害でしかない。

あとの彼らの処分についてはエドリファス国王のほうでしてくれるので、ティミアは印の入った地図を受け取って、踵を返す。

「見送りは不要です。わたくしの夫を働かせている間のパーティー、引き続きお楽しみになって」

ティミアの言葉が残された場には、凍りつくような沈黙が流れていた。


屋敷の外に出てすぐ、ティミアは待機させていた銀色のドラゴンで飛び立った。

もちろん一人では乗れないので、ちょうどこの時間に屋敷の警備を担当していた部隊の騎士を一人連れて、後ろでドラゴンを制御してもらっている。

「み、見事でございました」

「見ていたんですか？」

ティミアは肩越しに見上げ、恥ずかしくなる。

騎士が緊張をようやく緩めて、そして照れ臭そうに破顔した。

「すみません、気になってドラゴンで大窓からこっそり……何かあれば助太刀しようと思っていました。不要だったようですね」

声までは聞こえていなかったみたいだが、彼は見違えたと口にしてきた。

（まぁ、手本は私の姉たちなのだけれど）

いい手本がいたからあのように振る舞えた。

騎士は、モルドンたちにも頼まれていたのだろう。他の者たちもついてきたがったが、ティミアはできるだけドラゴンを領地から離れさせたくなくて断ったから。

「早くクラウスを見つけないとね」

「はっ」

彼には集中してドラゴンを飛行させる。

エドリファス国王の話からするに〝大地食い〟に触れ、あまつさえ移動するのはとんでもなく阿呆な所業なのだと感じた。

孵化しそうになっているタイミングでのことだ。

（嫌な予感がするわ）

ティミアの頭からは、とっくにバクゼクト伯爵のことは消えていた。

すると、不意にティミアの視界の左端に銀色の煌めきが映った。

「大変ですよ！　大変です！」

そこには銀色のドラゴンで向かってくるディーの姿があった。彼は大きく手を振って、そんな言葉を繰り返している。

「聞こえるわ！　何⁉」

ただごとではない雰囲気を感じて、ティミアも声を張り上げた。

「〝大地食い〟です！　アーノルドラン領の端にあった卵が孵化したようで、そこからロードライン領に向かって〝大地食い〟の侵攻を確認しました！」

ティミアは全身の血が冷たくなるのを感じた。

「一頭でもドラゴンを戻したほうがいいです！　とはいえすでに侵攻が始まってしまったので、間に合わないかもしれませんが……」

近づいてくるディーの顔には、普段の余裕は消えている。

大群の侵攻は、もう止まらない。

彼の言わんとすることがわかって、ティミアは決めた。地図を見せ、それからその方向を力いっぱい指差す。

「クラウスが向こうにいるの！　あなたに呼びに行く役目を与えてもいい⁉」

「えー！　なんでこのタイミングで――はっ」

もしや、と隣に銀色のドラゴンを並行させたディーが、口元にあわあわと手をあてる。

「旦那、正義感と誠実さ溢れる領民性を利用されて、別領主にまんまとはめられたわけですか⁉」

「話が早くて助かるわ。まさにそうよ。私は領地に戻るわ！」

ティミアは後ろの騎士に指示をした。

「えっ、どうしてですか⁉」

「クラウスが戻ってくるまで女主人の私が領地を守るべきでしょう！　私は彼の妻です！」

ティミアを乗せた銀色のドラゴンは、騎士の操作するがまま領地へ戻る方向へと視線を向けると、羽ばたいた翼から爆風を上げ猛飛行を開始した。

「六歳なのに伯爵夫人の責務を背負うのは無茶ですってー！」

なんて言うディーの声が遠くなっていく。

ティミアが振り返らないのを見て取り、ディーが「わかりましたよ！」とやけくそ気味に叫んだ。

「エゼレイア王国の情報は仕入れてきましたよ！　〝武器化の力〟は祈りと同じようなもののようです！　気持ちが大事みたいです！」

(気持ち？)

そんなこと、聞いたことがない。

いったい誰からそんな情報を入手してきたのだろうとティミアは不思議に思ったが、その時にはディーとはずいぶん離れていた。

◆◆◆

大地を這《は》う巨大な芋虫のような魔物を、クラウスは斬り裂いた。

断末魔の叫びが途切れた時、木の葉の間から見える頭上の青空から、ふっと聞き慣れたドラゴンの風圧の音を聞いた。

クラウスが顔を上げると同時に、複数の影が通り過ぎていく。

「今のドラゴンは……？」

銀色のドラゴンだが、その中でも驚異的な速さという特徴には覚えがある。

――ディーの部下たちだ。

気のせいでなければ、各方向へと散って飛行しているようだった。

あんなに慌ててどうしたのか。

クラウスは嫌な予感がした。なんだか胸騒ぎがする。

「戻るぞ」

ティミアの存在が思い出されてすぐ、クラウスは部下たちにそう伝えていた。

「このまま戻るのですか？」

「隊長が応援要請を切り上げるなんて、珍しいですね」

「何かがおかしい」

その時、クラウスに、上からやたら大きな返事があった。

「そのとーり！」

その時、空から降ってきた影に、アルセーノたちが悲鳴を上げた。

「出たあああああ！」

「ひどい。地味に傷つくなぁ」

白銀のドラゴンで木々の頭を押し潰し、一緒になって降ってきたディーが、一瞬真顔になってしょんぼりしていた。

「お前ほんといつもどこから出てくるんだよ！」

「ドラゴンの頭を引っ込めろ！　ぶつかってめっちゃ痛かったわ！」

「私の扱いひどくない？」

「戦闘地に俺らを放り投げて、自分の安全確保するような奴だからでは！」

「あー……まぁ、いいでしょ、そんなことは置いといて」

よくないというツッコミが部下たちから一斉に上がりだしたが、ディーは白銀のドラゴンの上に立つと「だまらっしゃい！」と急に勇ましい顔つきになった。

「君たちとことんピュアすぎるでしょ！　このおバカ！　ピュアバカ！　六歳の姫が領主に話をつけるとか、君たちは自分たちが情けなくないんですかね!?　んもーっ」

「待てっ、ティミアが来てるのか？」

クラウスは彼のドラゴンに駆け寄った。

「正確に言うと、来ていた、です！」

「来ていた？」

「話なら上空でします。どうかお急ぎを——〝大地食い〟の出現を確認しました。侵攻方向はロードライン領側です、奥様はそれを聞いて真っすぐお戻りになりました！」

騎士たちが深刻さを理解して、息をのむ。

クラウスは心臓がぎゅっとして息が詰まった。

◆◆◆

なんということを企ててくれたのだろう。

(あの領主夫婦、一発くらい殴っとくんだったわ)

ティミアは急く思いから、ふつふつと怒りが湧き上がっていた。

バクゼクト伯爵たちは、すでに夏と春も失われているガヴィウス伯爵家の領地に、最悪な魔物の進路を向けさせたのだ。

この国の人々が最悪だと認識している魔物〝大地食い〟。

この時期に卵が孵り、活動するというその魔物がいったいどんな姿をしているのかも、ティミアにはわからない。

その時、ティミアはハッと気づき、瞬きも忘れて食い入るように見た。

「——何、あれ」

黒いものが、空で蠢《うごめ》いて同じ方向へと飛んでいる。それはまるで羽虫の大群の塊みたいだ。

「あれが〝大地食い〟です」

「え！　空からくるの⁉　地上じゃなくてっ？」

それは、ティミアにとってさらに想定外なことだった。

よくよく見てみれば、それはタタミ虫の姿に似ている。固い甲羅のような丸みがかった背を持ち、そして白アリみたいな羽がついていた。

そして、こちらから肉眼で見えるくらい、一頭ずつが大きい。

「侵攻するまでは羽を持っている魔物なのです。孵化すると空に舞い上がり、真っすぐ上から飛び込んでくるのでかなり厄介です。彼らは舞い降りると羽を捨て、着地した場所を中心に大地を荒らし、人々を襲います」

なんてことだ。

(それもまた恐れられている所以《ゆえん》だったんだわ)

羽虫のように空を大移動する魔物なんて、聞いたことがない。

「ねぇ、〝大地食い〟は毎回同じ場所を襲いにくる習性もあるの？　だからクラウスは、あそこから離れないの？」

ティミアはふと屋敷に到着した日を思い出した。

あれは気候の問題ではなく、長年かけて暖気が奪われ続けた結果だとしたら、これまで何度も襲われているという証ではないだろうか。

騎士が青い顔でこくりと頷く。

「元々ロードライン領は、あそこを中心に春が始まっていたと言います。毎年〝大地食い〟は屋敷とそれがある町に来襲するため、我々は準備をします。孵化確認と同時に、防衛と攻撃態勢を……ですが今回は、早すぎる」

バクゼクト伯爵家のアーノルドラン領で動かされた〝大地食い〟の卵が、想定外の孵化をしてしまったから。

「でもあんなに大群だなんて……つられて孵化することもあるの？」

「近くの卵が孵化の影響を受けるのは知られています」

「なんてことなの……」

それではあの影は、彼らが確認していた領地内で発見した卵の〝大地食い〟も含まれているのだろう。

そう考えた時、ティミアはハッとした。

「待って、今、ドラゴンが一番少ないのも屋敷のあたりよね……？」

今回、魔物討伐のため、このロードライン領からドラゴンが数十頭は出動し、いつもより数が少なくなっている。

ティミアと騎士は顔を見合わせ——ざーっと青くなった。

「ああもうっ、あの領主夫妻をぶん殴りたいわ！」

「お、奥様っ、落ち着いてくださいっ」

「もっと高速でドラゴンを飛ばして！」

「今が最速ですが、やってみます！」

騎士が頼もしくそう返事をして手綱を動かすと、白銀のドラゴンは人間の言葉も理解できるのか、同時に歯を食いしばって風のように空を切っていく。

騎士にドラゴンを任せ、ティミアは魔物の動行を注視していた。

もし〝大地食い〟が進路を変えるようであれば、すぐ追えるよう警戒していたのだが、その気配はない。

白銀のドラゴンは黒い羽虫のような〝大地食い〟の大群をぐんぐんと引き離し、気づけばティミアたちは屋敷の前に着地していた。

「ここで降ろしてくれてありがとう！」

「当然です！」

意思をくみ取ったと言わんばかりに騎士が頼もしく言い、ティミアを抱えてドラゴンから飛び降りる。

町はすでに混乱状態だった。

巡回中の騎士たちが先に避難警告を出してくれていたようで、住民たちは店や雨戸を閉じたりと慌ただしい。

「みんなは建物に入って！　〝大地食い〟がこっちに向かっているわ！」

ティミアはガヴィウス伯爵邸の近場を走り回って叫んだ。騎士たちが動いてくれているのを見て、敷地内へと駆け込む。

「奥様っ、無事でようございました！」

屋敷の建物正面の広場では、モルドンが男性の使用人たち、そして警備を担当していた騎士たちと戦闘の備えに入っていた。

「しかし――」

「わかってる！　この目で見たわ」

モルドンにすばやく答え、ティミアが剣を求めると、騎士が戸惑いながらも一本差し出す。

「お、奥様何をっ」

「私は女主人よ、クラウスが帰るまで守る責務があります！」

ティミアは剣を受け取った。だが、小さな両手はその重みに耐えかね、鞘《さや》の先がかつんっと地面に落ちてしまう。

「うっ、重い――」

「奥様！」

その甲高い声に、まさかと思って目を向けると、建物から飛び出して駆け寄ってくるネリィの姿があった。

「だめよネリィっ、中にいてっ」

「嫌です！　私は奥様のメイドですから！」

ネリィが一緒に持とうと剣を支えてくれる。

すると、他のメイドたちもぞろぞろと外に出てきた。その手には剣を持っている。

「みんなも、なんで……」

「窓から奥様が必死に戻ってこられるのを見て、あなた様のご意向を察したからです。奥様が戦うのなら、わたくしたちも戦います」

メイドたちの意志は固い。

覚悟を決めた彼女たちの眼差しにその意志を見て取り、ティミアの目に涙が浮かんだ。

何もできない自分が、こんなにも悔しくなる日がくるなんて、思ってもいなかった。

モルドンが眉間を中指でもみほぐし、それから諦めたように深く息を吐いた。

「仕方ありませんね」

「モルドンっ、でもっ――」

「魔物は魔法剣しか効きません、ある程度鍛えていないと振れる回数もかなり制限がかかります。人数が多いほうが、今の状況だと助かるでしょう。ただし騎士たちは町の守護にあたるので出払ってしまいます。旦那様たちがお戻りになるまでの間、屋敷を我々だけで防げるかどうか……」

――クラウスたちが戻るまで。

緊張しすぎて、どくんっと自分の鼓動が鳴るのをティミアは全身で感じた。

すると、町のほうから悲鳴が聞こえた。

「あっ」

みんなと弾かれるようにしてそちらを見たティミアは、羽虫のような黒い群れが、空からこちらめがけて真っすぐ降下してくるのが見えた。

城の警備にあたっていた騎士たちが、全員魔法剣を構える。

メイドたちも鞘を捨て、勇ましくもティミアの前に立った。

「みんなっ、どうして私の前にっ――」

「ティミア様の女主人としての心構えは理解いたしました。ですが、どうか、そのご年齢で無理はなさいませんように」

「奥様はきっと、未来で偉大なガヴィウス伯爵夫人になられますわ」

待って、待って欲しい。

(まるで別れの言葉みたい)

ティミアは心臓が痛くなった。

どうして自分の手はこんなにも小さいのか、どうして自分は六歳なのだろう。

(私も守りたいの。一緒に戦わせて)

一人では持ち上げられもしない魔法剣を掴んでいる手に、ぎゅっと力を入れる。

「あと少しで来るぞ!」

「羽が抜け始めたら一気に着地してくる！　気を引き締めろ！」

屋敷の騎士たちと同じく、町のほうでもドラゴンにまたがった騎士たちが、建物のすぐ上で同じことを叫んで待ち構えている。

指揮官のいない部隊は、負ける。

ティミアは、父が軽く語っていた戦術学のことが脳裏に浮かんでいた。みんながどれほどクラウスを必要としているのかも感じていた。

（守りたい）

ティミアは守りたいと思うからこそ、魔物にこの地を踏ませたくない。

（いや、やめて、お願い来ないで――）

心から願った時だった。どくんっと心臓が大きく鳴って、ティミアは呼吸ができなくなった。

「かはっ」

胸が熱くなって、膝をつく。

「奥様⁉」

ネリィが剣を落として駆け寄る。

（何が、起こっているの）

体の奥が、熱い。

膨れ上がった何かが障壁にでもぶちあたっているみたいに、息がうまくできない。

「奥様！　どうされました⁉」

モルドン、それから剣を構えた料理長やコックたちも叫んでいる気がするが、耳元がどくどく言っていてうまく聞こえてこない。

『ティミア、姿勢が大事なのよ』

ふっと、ある記憶とともに母の優しい声が耳元でよみがえった。

『母さまは領地で魔物と戦っていたのでしょう？　怖くなかったの？』

『そういう感情がね、不思議と消えてしまうの。たぶんそれがコツなのよ。背筋を伸ばして、顔を持ち上げると、内側から力が溢れてくるものなの』

ティミアは過呼吸で朦朧としながら、どうにか顔を前に向ける。

『さあ顔を上げて。母を信じて』

記憶にないはずの母の言葉が耳元ではっきりと聞こえた。

（母さま？）

『あなたの中の力は、外に出たがってる。それを解放してあげるのよ。怖がらなくていいの、母がついていますからね』

天国からいったん戻ってきてくれたのだろうか。

それとも、これはティミアの幻聴なのか？

肩に、地面についた両手の一つに、母の優しい手を感じる。ティミアは、苦しい呼気を吐き出すみたいに空に顔を上げた。

「――はっ」

その瞬間、まるで詰まっていた何かが決壊し気道が確保されたみたいに、急に呼吸が楽になる。

『解放おめでとう、ティミア』

離れていく母の感覚と共に、そんな声が聞こえた気がした。

何かが体から勢いよく溢れ出す。

それは強い風を起こし、ネリィやモルドンたちがなんだと騒いでいる。

（ああ、体がとってもも軽くなっていくわ）

両手をついて座り込むティミアの足元からキラキラと光る植物の芽が出て、彼女を中心にざーっと周辺に広がった。

それはティミアにとっても信じられない光景だった。

光をまとった植物は急速に生長し、驚くモルドンたちを押し倒してしまわないよう避けてどんどん生え広がっていく。

そして一部の蔦《つた》のような植物は丸太以上に大きくなって、槍のように天へと向かった。

「ぎゃあああああああっ！」

植物たちは空の〝大地食い〟を貫き、まるで蛇のように捕食を始める。

誰もが唖然としていた。

ティミアから溢れ続けている光と植物は、大群となっている〝大地食い〟を鞭《むち》打つだけで粉砕した。

「何……？　これ」

その時、ティミアはハッとディーの言葉を思い出した。

たしか彼は別れ際、〝武器化の力〟は祈りみたいなものだと言っていた。気持ちが大事だと——。

『お前に守りたい者たちができると私は嬉しいよ』『大丈夫。そうすれば、お前はなんだってできるから』

父の言葉が不意に思い出から引きずり出された。

（パパが言っていたのは、コレのことだったんだわ……）

いったいどういうことなのだろう。

母は、普通の〝武器化の力〟とは違っていた……？

「つ、次の第二陣がきます！」

何もできないでいた騎士が、膨れ上がるように押し寄せる〝大地食い〟に気づき、警告を発する。

だめ、させない。

ティミアはその声にハッと我に返った。

（使えるというのなら私の力、応えて。全力でこの土地を守るの）

そう思った瞬間、ティミアは自分の体の奥から、言葉が込み上げた。

苦しさのあまり口が空に向かって開く。

「――っ」

それは叫び、というよりは〝歌〟に聞こえた。

ティミアの口から出された人の声とは思えない大きな甲高い一音が、不思議な響きとなって光の波と共に大気に広がっていく。

同時に、ティミアの体から金色の光が溢れた。

「なんだ⁉」

「まぶしい……っ」

町の人々の声が聞こえるが、不思議な力に包まれたティミアにはどうにもできない。

体が浮くのは感じていた。

（体が、熱い）

手足が伸びている気がするが、今はそんなこと気にしていられない。

（もっと、もっと力を）

声を響かせる彼女の力に反応し、ティミアを中心にして明るい緑が大地に生え広がっていく。

巨大な植物の蔦が、蛇のように次々に地面から生まれて天空へと伸びる。

（守りたい、この町には絶対に触れさせないわ）

ティミアは手を握り、歌声のような一音を響かせ続ける。

庭園からもいくつもの大樹が伸び、上空の〝大地食い〟へと鋭い幹の先端を伸ばして串刺しにし、撃ち落としていく。

あとから続く〝大地食い〟たちの動きに異変が起こった。

まるでその植物を忌避するかのように、侵攻にためらいが生じたのだ。

そうして誰の目にもわかる形で、間もなく〝大地食い〟たちが眼下に広がった植物に対して苦悶の呻きをもらし、背を向けた。

「なぜか〝大地食い〟が逃げていくぞ……」

だが、植物たちは魔物を逃がす気はないようだった。

鞭のように高速に動くと〝大地食い〟たちを一撃でどんどん仕留めていく。

普通は死体が落ちてくるはずなのに、光っている植物に触れると〝大地食い〟は塵《ちり》のように散っていった。

（こんな力、見たことないわ）

自分の口から出て止まらない不思議な響きの〝音〟を聞き続けていたティミアは、ふっとドラゴンたちの姿が目に入った。

「これは……」

クラウスがつぶやく声が、どうしてか耳にはっきりと聞こえてきた。

ドラゴンに乗ってやって来たのはクラウスたちだった。到着したのだ。

（どうしよう、話せない）

一音を口から出し続けているティミアは目を潤ませる。

すると、ティミアの横顔を見て察したのか、一人の騎士が近くの上空で呆然としていた騎士の後頭部に石を命中させた。

彼がハッとして、クラウスのもとにドラゴンを寄せる。

耳打ちされたクラウスがこちらを見た。

ティミアは彼と視線が絡み合った。その瞬間、安心感で涙が溢れた。

彼がいればもう、大丈夫だと。

（お願い、行って）

今のうちだとティミアは彼に祈るように思った。

クラウスが迷いを浮かべた顔で、唇を強く噛《か》む。そして――顔を背け、抜剣した。

「狩れるものはできるだけ狩れ！　牙をむかない〝大地食い〟など我らの敵ではない！」

クラウスが先陣を切って〝大地食い〟に突っ込んでいく。

「了解です！」

アルセーノをはじめとする騎士たちが彼の指揮に従い、統率の取れた動きで植物と共に〝大地食い〟をどんどん斬っていく。

不思議なことに、植物が帯びている光を受けた〝大地食い〟は、絶命するとやはり塵と化した。細かくなって、そうして砂粒一つ残らず消えていく。

気づくと、ティミアの口から〝音〟はやんでいた。

彼女はぺたりと膝をついたのだが、いつもより体重がかかって、痛いのを感じた。

ふっと正面から吹いてきた風で金髪が揺れたのだが、ティミアは空気の匂いが違うことに気づく。

（あら？　何かしら、ぽかぽかしているような……）

けれど、視界がすうっと薄暗くなっていった。

ネリィやモルドン、集まってくるみたいに他のみんなの声も次々に近づいてきたが、ティミアはそのまま意識を失った。

エピローグ　騎士伯爵様は幼妻に

まぶしい光が瞼《まぶた》の裏にあたっている。

「ん……ぅ？」

目をこすり、けれどどうにも眠たくて寝返りを打つ。

すると近くから、くすくすとネリィの温かい笑い声が聞こえた。

「ふふ、大きくなられても、眠るのが大好きなのは変わらないんですね」

「このご年齢でも、まだまだ育ち盛りですからね」

「お腹は空いていらっしゃらないかしら？　心配ですわね」

なんか、みんながおかしなことを言っている気がする。

「ひとまず起こして差し上げるのはいかがかしら？　もう丸二日ですもの、医師は問題ないとは言っていましたけどさすがに何か食べさせないと」

その声に、ティミアはぱちっと目を開けた。

「えっ、二日も大寝坊!?」

思わず勢いで飛び起きた。だが、自分の声に違和感を覚えたのに続き、上体を起こした際に自分の腕の長さに違和感を覚えた。

「……んん？」

なんか、少し長くなっている。

気のせいだろうかと思ってかけ布団をめくったら、ずり上がったナイトドレスの裾から覗く足が――長い。

「きゃ、きゃあああああ、何っ、誰の足⁉」

「うわあああ！　私は何も見てないですよっ、めちゃくちゃタイミング悪い男みたいじゃないですかああああああぁぁ」

何やらディーの声がして、他数名の男たちの声と共に遠くなる。

「え、待って、今のコックさんたちの声――」

と思って目を向けたティミアは、こちらを覗き込むネリィたちメイドの顔で視界が埋め尽くされていた。驚いて言葉が途切れると、ネリィが言う。

「奥様おはようございます。まずは驚かないで聞いていただきたいのですが、よろしいですか？」

「お、おはよう……？　急にどうしたの？」

「ネリィの言う通りです、まずは深呼吸してください」

他のメイドもそんなことを言ってくる。

「いいですか、世の中にはきっと急な成長もまれにあると思うのです」

「え、え？　いったいどうしたの」

するとメイド長が進み出て、しつこいくらい「驚かないでくださいね」と言って、手鏡をすっとティミアに差し向けた。

あまりにもみんなが『驚かないで』と言うので不安に襲われる。

だが、鏡の中に映った自分を見たところで、ティミアはぽかんと口を開けてしまった。鏡の中の金髪少女も同じ反応をするが――幼女ではない。

「え、え？」

「お体に違和感はありますか？　体調不良などは？」

「い、いえ、ないけど……」

そう、ないのが問題だ。

そうティミアが思っている間にもネリィが両手を貸し、ベッドから下りたところで、目線の高さも変わっていることに唖然とする。

（待って待って、私の体、どうなってるの？）

「奥様は〝武器化の力〟を使われた際、成長したんです」

「え？」

「とにかく落ち着いてくださいね」

ネリィに続き、メイド長にも念を押され、他のメイドたちにも背を押されて姿見の前まで移動させられる。

その鏡の中を見て、ティミアは飛び出んばかりに目を見開いた。

そこに映し出されていたのは幼女ではなく、少女だ。

前世で中学生の頃の自分と同じくらいの背丈だろうか。母と同じ淡い金髪、エメラルドの瞳をしているから、自分だとわかる。何より少し成長して幼女っぽさが抜けたその顔立ちは、母の雰囲気にそっくりだったから。

「……え、えええええぇぇぇ！」

メイドたちが両手で耳を塞ぐ中、ティミアの悲鳴が響き渡った。

「さ、まずは裾の長さもお直ししませんと」

「ま、待って、これ、この身長……！　いえ成長……！」

「ですから驚かないでくださいと申し上げました。大丈夫ですよ、年齢を確認するための測定器が役場にございますから。通常は戸籍登録の際に使われるのですが」

「係の者が町から来て待機してくださっていますので、お着替えをしましょうね」

まるで子供扱いだ。見た目が変わっても、メイドたちの様子は同じだ。

メイドたちに冷静に対応され、ティミアは呆然としたまま背丈に合うサイズのドレスにひとまず着替えることになったのだった。


〝大地食い〟が来て騒ぎになったのは、もう二日前のことであるらしい。

身支度を進めながら説明を受けたが、ティミアには現実感がなかった。

どうやら領地に〝緑化現象〟というのが起こっているそうだ。それはティミアが〝武器化の力〟を使うことに成功した時、彼女の足元から広がったあの植物だとか。

ドラゴンから眺めると、その広がり具合がよく見えたそうだ。

それは最終的にロードライン領のすべてを覆ったことが、翌日には確認されたらしい。

そう聞きながらドレスに着替え終わると、モルドンが、初めて見る顔の男を同行していた。彼は役場で戸籍登録を担当している課の者だという。

「失礼いたします」

彼が医療道具用の鞄から取り出したのは、底の広いその鞄にちょうど収まる箱型の装置だった。少し年代物だ。

「不思議な形ね……これって魔法器具？」

「はい。こちらで何歳であるのか確認することができます」

メイドたちが言っていた測定器というやつだろう。

みんなが見守る中、彼はその魔法器具を稼働させた。それには大気から魔力を補う魔法が施されていて、スイッチを入れると反応する仕組みなのだとか。

彼の指示に従ってティミアが中央の鉄板に右手をあてると、複数の針が複雑な動きで右へと振れる。

その数字を見ながら彼が、自分の手帳に何やら複雑な計算式を書いていた。

「皆様の推測はほぼ的中していますね。ご年齢は、十四歳と出ています」

「十、四……」

ティミアは、六歳だった実年齢に、八年分が追加されていることを思ってくらりとした。

「ありえない……」

「ははは、ご健康のようでよかったです。僕の娘と身長も同じですよ」

そんな情報を教えた彼は、役場も大忙しなのだと上機嫌に言って、こうしてはいられないと言わんばかりにメイドの一人に案内されて退出していった。

「目覚められてよかったです。一階でティータイムはいかがです？　他の者たちも奥様の姿を見れば安心すると思います」

「そ、そうね」

モルドンが普通に話しかけてきたことに戸惑いつつ、ティミアはすぐそばにきた彼を見上げたところで「あ」と声を上げてしまった。

「なんですかな？」

「いえ、目線も変わったなと思って……」

「奥様と目線が近づけて嬉しいですよ」

彼の柔和な笑みにつられて「うん」という曖昧な相槌しか打てなかった。前世の十四歳だった頃と同じ身長になったら、彼の身長がとても高いことに初めて気づいて、そこに気を取られてしまったのだ。

「さあ、どうぞこちらへ」

モルドンに促されたので、ティミアはメイドたちに見送られて廊下へと出た。

「奥様、驚かないで聞いていただきたいのですが、よろしいですか？」

ティミアが歩きだした途端、先導していたモルドンが言った。

「ねぇモルドン、それと同じセリフ、メイドたちから聞かされたばかりで警戒してしまうのだけれど」

今度は何があるのだろうかとティミアは緊張する。

（というか、私の見た目にとくに反応しないのも変な感じ……）

ティミアが寝ている間に、みんな驚きすぎて慣れてしまったのだろうか。

するとモルドンが、階段前にある大きな窓の前で足を止めた。

「奥様、あちらをご覧ください」

「うん?」

目を向けて、ティミアは驚く。

屋敷の周りは色取り取りの花に溢れていた。町の木々も青々と生い茂り、窓辺にみんな嬉しそうにしてプランターの花を飾って町全体がなんとも華やかだ。

頂上に草木が育たずはげていた山々も明るい緑に染まり、そうして豊かなほど、どこもかしこも花々の存在が遠目からでも確認できる。

一気に視界が色彩を増し、明るくなっているのが見て取れた。

「……待って、嘘でしょ?」

まさかと思ってふらりと窓に近づくと、モルドンがそこを開けてくれた。

その途端、暖かくて心地よい風がティミアの肌を撫でた。

(あ、これ、倒れる前に私が感じてた空気だわ)

下を見てみると、庭園には豊かな花壇ができていた。

庭師たちが忙しそうに花を運んでは、笑顔で植えていっている。その花たちは明らかにティミアが自国で見慣れている、暖かな季節に咲く花たちだ。

「旦那様たちと共に確認した私もまだ信じられないでいるのですが……我らが領地に〝春〟が来たようです」

「春……」

「ええ、この国の季節は秋のはずですが、領地の端までちょうど春の気候になっています」

歩くことを再開しながら、モルドンは説明してくれた。

ティミアが眠っている二日間、クラウスたち部隊は総出で領地内の変化について調査を行ったそうだ。

その結果、土壌は作物を育てられるほど質が上がり、昔あったとされている無人の元果樹園の地に、豊な果樹畑が広がっていた。

他にも、農作物が豊富に生い茂っており、歴史と照らし合わせてみると、どれも暖気が失われる以前にはあった光景だという。

「ふふっ、奥様が春を連れてきたんですよ」

一階までゆっくりと下ったモルドンは、とても嬉しそうな表情だ。

「いや、そんなこと言われても……」

季節を変えてしまう〝武器化の力〟なんて、聞いたことがない。

けれど、確かに力は働いているようだ。モルドンの話によると騎士たちの調査の結果、新しく生えた植物を他の魔物たちも嫌がり、領地の外へと移動する姿が確認されたという。

「仕事をさせっぱなしで、なんだか申し訳ないわね」

「そんなことございませんよ」

ほら、とモルドンが広間の一角を手で示す。

そこは騎士たちの臨時の詰め所にでもなったみたいだ。長テーブルに地図を広げ、調査書を持って走り回っている騎士たちがいる。

彼らはティミアに気づくと、いい笑顔でぶんぶんと手を振ってきた。

「お気になさらず！」

「我々に任せてください！」

彼らは彼らで最高にテンションが上がっているようだ。

その広間から庭園へと出られるガラス扉は大きく開放され、報告し終わってすぐ、意気揚々と再びドラゴンで外に飛び立つ騎士の姿も見られた。

みんな、なんとも元気が有り余っている様子だ。

サロンが臨時の対応場所になっているそうで、ティミアはモルドンに案内され屋敷の中を進んだ。

すれ違う誰もがティミアににこやかに挨拶してきた。

元気そうで何よりだとか、目覚められて嬉しいだとか、しばらくは領民たちと総出で領地内のことをしなければならないので忙しいですよ――などなど。

そんなことより、ティミアは自分の姿も変化していて大動揺中だ。

（なぜ、私まで成長するの）

植物を生長させられるのはわかった。

それから、それは対魔物として有効であり〝武器化の力〟で間違いない。

でも肉体が、六歳から十四歳に急に成長してしまった。そんな現象は聞いたことがない。

ティミアの短かった手からは丸みが消え、胴も首も四肢も伸び、彼女が抱いた印象の年齢であると測定器でも出た。

（医師が診察して体調に問題がなかったことは着替えながら聞いたけど、そうすると八年分一気に体が成長したのは、どう考えても不思議な力が働いてのことよね？　でも私の国でもそんな現象聞いたことないけどなぁ？）

うーんと考え込んでいると、サロンに到着した。

そこにも騎士たちがたくさんいた。町の役人らしき男性たち、そしてその打ち合わせや書類うんぬんで男性の使用人たちもサポートに加えられている。

「状況確認をしながら各地には知らせが出されているらしいが、問い合わせもやはり殺到するな」

「旦那様が説明申し上げたこと以上はまだ伏せておけ」

「モルドン様、ちょうどよいところに！　並木道の舗装の件で業者が到着しました」

「見積もりはお前がついていなさい」

「かしこまりました」

みんな忙しそうだ。

「あの、私も何か――」

「奥様は休んでいてください。旦那様が帰られましたら一番に会いたがるでしょうから。無事なのか、とても心配されておいででした」

ティミアはどきっとした。

（彼も……先に私のこの姿を見たんだよね？）

そういえば目が合った時に驚いていたのは、光の中でティミアがすでに変化を始めていたせいなのだろうか？

「お食事をお運びいたしました」

どこからか再びネリィたち若いメイドが現れ、ティミアはモルドンから彼女たちに引き継がれた。

サロンの一角にある静かな窓の前のテーブル席に一人座らされる。

右手にある窓から花園が見える。ティミアが目を向けているそばで、ネリィがワゴンで運んできた食事を並べていく。

「ねぇネリィ、あれって昨日までに完成したの？」

「そうですよ。庭師の皆様もとても張りきっておられまして」

「お食事のところ失礼いたします。長くなってしまった髪が邪魔にならないよういったん少し上げてしまいましょうね」

そういえばナイトドレスの際、髪がふくらはぎにつくと思っていた。

（髪まで伸びたのね……）

若いメイドが数人がかりでティミアの髪の左右を三つ編みにし、るんるんとセットしていく。

順応しすぎでは、とティミアは思った。

（私、六歳の幼女から一気に十四歳まで成長したんですけど？　あっという間に、社交デビューしたって違和感のない令嬢になったのだけれど？）

テーブルに出されたのは消化によさそうな料理だった。

湯気の立つおいしそうな香りのスープを見たら食欲が急に出てきて、自分の体の変化よりそちらに意識が向き、ティミアは髪を整えてもらいながら食べることにする。

謎なのは謎だが、父にあとで聞いてみよう。

まずは、しっかり食べて、自分も動けるようにしなくては。

（クラウスにも心配させたらだめだもの。まずは食べましょ、この状態だと妻としてしばらくやる

ことは多そうだしっ）

幼女だった時と違って、十四歳だというのなら手伝えることも多いはずだと思うと、やる気も湧いてくる。

食事が終わった頃にはクラウスが戻ってきているかもしれないとそわそわしたのだが、なんと彼に会う前に父と話せることになった。

騎士が来て、通信機にカークライド国王から通信が入っていると言われた。

エドリファス国王が各所への連絡が必要になっているだろうと、ロードライン領の各地に無償で通信機を貸し出してくれたのだという。

「ありがと！　話してくるわね！」

「あっ、奥様――」

「大丈夫よ、迷子にはならないから」

ネリィが「そうではなく走るなんて」と言ってきたが、その声はすぐに遠くなる。

手足が伸びた分、ティミアは速く移動できるようになったのを感じた。

ぐんぐん走って騎士に言われていた部屋を目指すと、その個室は以前のように通信用に家具がどかされていた。

そして、円卓の上にカークライド国王――父の顔が上半身ごと映し出されている。

「パパ！」

ティミアは駆け寄った。

短い顎髭を撫でていた父が気づき、顔を向けてくるなり、にこっと微笑む。

【大きくなったな、アデリフェレアによく似ている。そちらの国には測定器も流通しているはずだが、何歳になった？】

「十四歳よ。パパはそんなに驚かないのね」

【そうか、我が国だととっくに茶会デビューも済ませたリトルレディだな。今度お祝いの品を贈ろう】

「もう、パパったら」

こんな時に、と思ったものの、ティミアは今になって大好きな父にその節目の年齢になった自分を見せられたことへの感動が込み上げた。

【今回エドリファス国王に、ロードライン領から魔物が撤退した現象も併せてすべて聞いた。だとすると、お前の姿が少し変化しているだろうことも、予想していた】

「どういうこと？」

ティミアは円卓の前に置かれていた椅子に座った。そこで、ハタと口に手をあてる。

「あ、ごめんなさい、見た目がこんななのに『パパ』だなんて……」

【ははは、いいよ。私の前では、自然体でいていいんだ】

父はとにかく上機嫌だった。

笑顔の彼が語ったのは、母もそうだったということだ。だから今回のティミアの急変については、想定の範囲内のことだったらしい。

むしろ、母は領地で十六歳になっても幼女のままだったという。力が開花した時、その分の成長を遂げたとか。

大きくなったあとに嫁いできたから、このことは母の実家の家族以外誰も知らないそうだ。

「どうして秘密にしていたの？」

【お前の母は、自分の余命が短いことがわかっていた。お前が利用される未来を考えた時、寄り添ってくれる人間に巡り合えるよう秘密にして欲しいと実家に頼んだ。そうして私も頼まれて、その願いを聞き届けた】

ティミアはしんみりとした。

「そっか、私にも黙っていたのは、私を守るためでもあったんだね……」

【ティミアが大きくなるまで自分がそばにいられたら、とお前の母も悔やんでいたよ。自分が守れないことがわかって、お前にも秘密にした】

それを聞いてティミアは涙が出そうになった。

それは正解だったと思う。後宮で味方になってくれる母がいない場合、渦巻く欲望や陰謀に巻き込まれてもっと悲惨な環境になっていたのは目に見えている。

母の、大きな愛を感じた。

【お前の母は、お前のことを心から愛していたよ】

「うん。母さまは私のこと、大好きだったんだね」

父の優しい声に涙がたまってしまって、ティミアは目をこすった。

母も幼い頃は検査で〝武器化の力〟はない、とされていたという。

「で、でも戸惑うよ。私、母さまと違って外見だけじゃなく中身も六歳だったのに。実年齢より大きくなっちゃったんだけどっ」

【人によるのかもしれんなぁ。まぁ、お前はしっかりしているからきっと大丈夫だ。上の年齢のほうがうまくやれそうだと感じていた】

ティミアは、前世の記憶のことを言っているのだろうかと思って、少しどきっとした。

父は優しい目で見つめているだけで何も言わなかった。

まるで、娘に打ち明けられるのを待っているようにも感じたのだが、ティミアはこんな奇天烈《きてれつ》なことなんて、もちろん言えなかった。

【お前に、母と同じく、守りたい者たちができてよかったよ】

間もなく父は一度目を閉じ、優しい声でティミアにそう告げた。

【このエゼレイア王国では得ることはできないだろうと思った。守りたい者への想いが、アデリフェレアの力の開花のきっかけだったそうだから】

「あっ、ディーに祈りみたいなものだと教えたのはパパなの？」

【仕組んだのは私だが、彼に教えたのは、私の依頼で、ある立場の者に変装した男だ。ディー・イディックはそれを見破ったがね。私は、この国でお前が心から守りたいものができない状況ならば、お前が幸せを見つけられるように外に――そう思ったんだ】

「パパ……」

守るためにそれについてはあえて教えなかったのだろう。

近くに人の耳があった可能性もある。

【そのため、私はエドリファス国王に取引を持ちかけた。お前の中に眠る力の可能性を話し、そうして彼はその力を心配が尽きない友のために引き受けたい、と。お前の母は特殊な力の持ち主だったから、これからお前の力がどんなふうに本来の形になっていくのかはわからないが……いい人たちに巡り合えたようでよかったよ。お前はそこでうまくやっていけるだろう】

「本来の形？」

【お前の母は元々、無数の剣を生み出す能力ではなかった】

「えっ」

それはティミアにとって衝撃の事実だった。

【私もよくはわからない。初めは物体に影響を与えるような力だった、とアデリフェレアは言っていたな】

「母さまが……物体というと、私の場合は植物のことかな？」

【うむ、私はそうだと思っている。お前の母の場合は水だった。彼女の実家の裏手に守り神と呼ばれる湖があり、アデリフェレアが初めて〝動かした〟のはその湖の水だそうだ。水を操る〝武器化の力〟なんて見たことがないと彼女の兄たちも首をかしげていたそうだ。のちに剣を生み出して攻撃する〝武器化の力〟となったので、お前の力も前例のない能力に変化していく可能性がある。そう考えると、国内にいないほうが力と向き合えるだろう】

父の優しい瞳が、ティミアを愛おしげに見つめた。

「そうね。私もそう思うわ」

先の先を見据えて父は国外の嫁ぎ先を選んでくれた。ここでなら、ティミアも安心して自分の力と向き合えると確信している。

【お前は誇らしい私の娘だ。何かあれば、いつでも連絡しなさい。力になろう】

「うん、うん……ありがとうパパ、大好き」

【私も、愛してるよ】

そこで、通信は終わった。

ティミアは父に会いたくなった。でも、あそこがティミアの居場所じゃないのは、ティミアが知っている。

いつか会いに行けるとしても、それは、今じゃない。

誇らしいと言われたのが嬉しかった。

そう父に言われた際、ティミアの頭に浮かんだのは今日だけで数えきれないくらい見た、みんなの笑顔だ。

ティミアのやるべきことは、ここにある。

（パパに胸を張っていられるよう、ここからもっとがんばらないと）

今、自分はようやくスタート地点に立ったのだ。クラウスの社交のことだってまだ取りかかってはいない。

ティミアは、がんばろうと思った。

個室を出て人がいる場所に戻ってみると、ちょうど領民たちからの報告や要望を持ってきている者たちがいて、ティミアを感謝と尊敬の言葉の嵐が待っていた。そうしたら、使用人たちも負けじと口々に感謝の思いを伝えてくる。

――伯爵夫人に会いたいという領民がたくさんいる。

――ぜひ今度視察でうちの町にも来て欲しい。

などなど慣れない大歓迎と賞賛に、ティミアは目が回った。

「わ、私っ、小屋を見てくる！」

ティミアはそう言って逃げ出してしまった。

「小屋……？」

みんな不思議がっていた。廊下ですれ違ったメイドは逃げ出したことがわかったようで、ティミアらしいと微笑んでいた。

屋敷から少し離れた位置にある小屋の周囲は、元のハーブ園が戻っていた。

覗いてみると、若い庭師たちが絶賛そこを整えているところだった。好き放題に伸びてとんでもない生命力だと彼らは笑って言った。

もう特訓の必要がなくなった小屋は、元のハーブ用に使用されるそうだ。

中にあったプランターたちは、寝ている間に弱ってしまったらティミアが悲しむだろうと思い、庭師たちがネリィと一緒に新たな花壇を作ったという。

その名も『奥様の花壇』だ。

「ネリィが？」

「はい。奥様は世話をするのも好きだと言い、私たちのほうで初心者でも育てやすいものを厳選して、植え替えさせていただきました」

案内してもらうと、そこには手作りだとわかるかわいい花壇があった。

「か、かわいい……！」

ネリィの注文なのだろうか。

周りのレンガにはお手製らしさを感じるし、さらにかわいさが増す花模様が施されていて、花壇の形も全体的に丸みがある。

「奥様はかわいいものがお好きなんですねぇ」

案内した庭師たちは、揃って微笑ましげだ。

ついこの間まで幼女枠だったのだから、いいだろう。前世でかわいいものが堪能できなかったティミアはそう開き直ることにし、嬉しくてたまらず、走って屋敷の中でネリィを捜し出して、思いきり抱きしめた。


そうこうしているうちに、クラウスが戻ったとの知らせを受けた。

(……き、緊張するわ)

それは結婚が成立した時の比ではない。

なぜか、クラウスと対面することにひどく緊張した。

自分でもよくわからない。使用人たちににによによされ、連れてくると言われた二階の休憩室に通されたが、ソファにじっと座っているのがつらい。

それから少しして、ノックの音に続いてクラウスが入室してきた。

「すまない、待たせてしまったな」

「い、いいえ」

慌てて顔の前でぶんぶん手を振ったティミアは、ハッとして慌てて立ち上がった。

クラウスが目を丸くして、それから笑った。

「座っていていいのに」

「この姿ですし……」

もごもごと答えている間にも、彼は平然とティミアの前に立ってしまう。

向かい合ってみると、彼との身長差が少し縮まっていることになんだか照れ臭くなった。

「体調はどうだ？」

「問題ありません」

「そうか。とりあえず座ろう」

彼が手を取り、まずはティミアを座らせる。そして少し距離を空けて自分も座る。

「うーん、さて、君が眠っている間にいろいろとあった。まずは何から話そうか」

クラウスが顎に手をあてて考えている。

（……彼、普通すぎない？）

ティミアは、なんだかむっとした妙な気持ちになった。

「そうだ。バクゼクト伯爵の件では迷惑をかけたな。すまなかった」

突然クラウスが膝に手を置き、頭を下げたので、ティミアは驚いた。

「あ、頭を上げてくださいっ」

「いや、もっと慎重になるべきだった。そのせいで妻である君を巻き込んでしまった。――〝大地食い〟のことにも巻き込んだ」

クラウスは、いずれ話そうとは思っていたと語った。

部隊のほうでは〝大地食い〟を迎え討つべく、例年通り準備がされる予定だった。

孵化の状況を見張り、孵化と同時に空中にてドラゴンと共に撃破していく。毎年のことだったから対応には慣れていたそうだ。

だが今回、普段より多く卵が発見されたことと、バクゼクト伯爵の領地で大半を隠されていた卵の孵化のタイミングが最悪にも重なった。

「隠されていたんですか？」

「ああ。わざわざそうまでしてうちを引きずり下ろしたかったらしい。信用する俺も俺だよな。父の代の時に、気づけなかった」

バクゼクト伯爵はクラウスの両親の死亡を機に、ガヴィウス伯爵家が持っている各地の部隊とつながりを持とうとした。

そして味方につけたと感じ、今年決行することを決めた。

クラウスが王命で娶ったのは隣国の大国エゼレイア王国の末姫。計画を実行すれば、ついでに自分たちの一族に王族との縁もできるのではないかとも考えていたそうだ。

「いや、それは無理でしょ……」

「まぁ浅はかな考えではある。企みだけは夢が大きいが、とある反王族派にそそのかされての強行だと判明した」

若きエドリファス国王の味方を削り落とす作戦だったみたいだが、それについてはバクゼクト伯爵と共に押さえられたそうだ。

逃げる隙もない見事な処置だったという。

エドリファス国王の指揮のもと、クラウスも参加。協力体制にある各地の部隊から集められた精鋭たちがエドリファス国王の粛清に協力した。

バクゼクト伯爵家の親族たちにも調査は及んでいるらしい。

王都を含めて、向こうはしばらく忙しそうだとか。

「アーノルドラン領については王家出身であり、隣の広大な領地を所有しているアルト公が代理人を務めることになった。魔物の処理がされていないことも発覚している。こちらの領地から逃げ出した魔物が同族の気配を察知して逃げ場にしているとしたら、もう最悪な状況だろうな」

暖気は奪われていないが、魔物だらけで苦労していることだろう。

領民たちの安全のためエドリファス国王は王国軍を出した。

クラウスのロードライン領の部隊を含め、国王が認めている精鋭部隊たちが巡回と討伐にしばらく加勢する。

「じゃあ忙しくなりそうですね……」

「小物の魔物くらいであれば少数班でも問題ない。陛下が認めた部隊は、各騎士たちがそれなりの実力者だ」

だから平気だと、クラウスは顔を向けて微笑みかけてくる。

なんだか、優しい眼差しだ。

ティミアは、またしても落ち着かない気持ちになってきた。

「ん？　どうした？」

視線をそらしたら、クラウスがすぐ尋ねてきた。

「……そんなに見られると意識しちゃいます」

「意識？」

「私、かなり変わってしまったんで」

照れくさくなって唇を尖《とが》らせる。

彼はようやく合点がいったのか「ああ」とつぶやき、そして小さく噴き出した。

「姿が変わっても、ティミアはティミアだ」

「本当にそう思ってます？」

「それに、まぁ——寝顔を見すぎて慣れたというか」

「は？」

ティミアは、唖然として彼に体ごと向いた。

「見てたんですか？　ずっと？」

「いや、君が心配だったというか……」

ティミアが真意を確かめようと見据えると、クラウスが視線を逃がして口元を手で覆い、白状するみたいにそう答えてくる。

「そんなのずっと見ている理由になりませんっ」

ティミアは頬を染めて間髪を容れず言った。

「私の顔を見ていたということですよね？　そばで観察してた？　ずっと？　なぜ！」

「そう言ってくれるな。だって、ほら……急に成長したら見たくなるだろう」

「お、女の子は顔を見つめられ続けたら恥ずかしいんですよ!?」

「わかってる。だから意識がない時に――」

「意識がなくても、だめっ」

クラウスが途端に『しまった』という顔で口を手で塞いだ。

きっとモルドンあたりにでも忠告されていたのだろう。ばか正直に答えたところは、彼の実直さゆえなのかもしれない。

(信じられない、私の寝顔を見ていたの？　ずっとっ？)

顔が熱くなる。異性がそんなことをする理由なんて、ティミアの頭にふっと浮かんだ可能性は、一つしかなかったから。

「あー……君のことだが」

ぎこちない沈黙を消すようにクラウスが言った。

外ではティミアが〝大地食い〟を圧倒的な力で倒したこと、魔物を領地からすべて追い払ってしまったことが話題になっているらしい。

バクゼクト伯爵の関与によって引き起こされた事件についても社交界は騒ぎになっており、一斉粛清のこともあって、エドリファス国王も公表し、そしてティミアのことも発表した。

それは、こちらへの問い合わせの殺到を避けるためでもある。

バクゼクト伯爵の愚かさを目の当たりにし、この三年で離れ始めていた貴族たちも、彼に見切りをつけて父の代と同じくクラウスの味方だと宣言した。

貴族たちは二十歳のクラウスの悲劇に同情し、そして味方にと次々と名乗り出て、屋敷に毎日手紙も届いている状況だそうだ。

「あ、それもあって忙しそうだったんですね」

「父の代から世話になっている信頼がおける貴族たちに協力を願っている。俺は……どうも信じやすい性質のようだからな」

少しそこには不服があるみたいだ。

「それから君が目覚めるのを待っていた」

「私ですか？」

「俺よりも、その、君のほうが人間を見る目はあるんじゃないかと……妻の意見を求めてから、付き合っていく貴族を決めるのもいいだろう」

ティミアは恥ずかしそうに告げてきたクラウスの横顔を見て、胸がいっぱいになった。

「はい。任せてください。こう見えても後宮育ちですから。それと、信頼がおける貴族たちへ協力を求めるのもとてもいい案だと思います、皆さま経験豊富ですし、不得手なことは専門家に頼むほうが心強いですよ」

「まぁそうだな。味方が増えたのは君のおかげでもある」

「私の……？」

「『ガヴィウス伯爵に六歳の妻ができたのは、その年齢ですでに才能と力を持った気高い姫だからだ』という噂が出回ってる」

「え」

「それから、六歳だというのは嘘で、強い力を持っているがゆえに成長が止まっていただけだと。それは君が来訪した際に居合わせたバクゼクト伯爵家の者が発端だな」

まぁ、確かにそう思われてもおかしくはないかもしれない。

「うーん……私、今はこの姿ですし、今後は十四歳として生きるんですかね？」

「六歳と言っても君を見たことがない者たちは信じるのも難しいだろうな。年齢のことについては陛下も考えてくださると言っていた。早いうちに王城の行事でお披露目ができるように手配するそうだ。六歳だった君の姿を見た貴族が少数なのは幸いだったな」

「あ、確かに」

もしかしたらエドリファス国王は、父からこうなる可能性を聞いていて、ティミアと共に公の場に出る機会を設けなかったのではないだろうか。

（まぁ少なからず見られているんだけど……まっ、どうにかなるよね）

ふっと頭に浮かんだのは、以前バクゼクト伯爵主催のパーティーで会ったジェシカのことだ。

『社交界の毒の華』といわれているウェスレリオ伯爵夫人で、彼女は六歳のティミアに遠回しに忠告をくれた唯一の人である。

彼女みたいな貴族も確かにいる。きっと、大丈夫だ。

その時になったら考えようとティミアは思った。

「陛下が考えてくださるから安心して待っていていい。君の体の変化についても、特殊能力を持つ国柄と説明づけられるだろう」

ティミアの体については不思議なことも多いが、ひとまずティミアの父、カークライド国王からは、問題ないとお墨付きをもらったらしい。

それを受け、エドリファス国王の側近たちも納得したとか。

ティミアの国は、特殊能力と呼ばれる〝魔法とは別の力〟を持った国の一つだ。

他国の人間が理解するのは難しいので、納得するしかないのだろう。

「でも、クラウスは父から聞いたんですよね？」

彼の話しぶりからわかって、ティミアは尋ねた。

「まぁな。陛下とカークライド国王と、三人で通信機越しに顔を合わせた。王国でも初めての現象なので、成長も含めて見守って欲しいとカークライド国王には言われた。そして俺は『もちろん』と答えた。末永く、そうする、と」

不意に空気が変わったような緊張感を覚えた。

まるでティミアが慣れないことから反射的に逃げてしまうのを見越していたみたいに、クラウスが先に手を取ってしまう。

「君は、俺の妻だからな」

彼と見つめ合い、心臓がばくばくしてきた。

寝顔を飽きずに見つめていたという話で浮かんでいた可能性が、ティミアの中でぶり返す。

この前、ずっと妻でいて欲しいと言われた。

そのことについて尋ねたい気持ちはあるのに、初めてで、そしてどこか恥ずかしさもあって、やっぱりティミアは逃げてしまう。

「そ、そうですね。妻ですから、クラウスのそばを離れることはありませんし」

「そういう意味じゃない。俺が放す気がないんだ。たとえどんなことが起ころうと、最愛の妻は放さない」

彼の手が、優しい力加減ながら、ティミアの手を意味深長に強く包み込む。

「ひぇ」

真剣に見つめられて、顔が勝手に熱くなってくる。

急に甘いモードだなんて反則だ。

（私が見た目、十四歳くらいになったから？　レディとして扱ってる？）

それはそれで困ると気づいた。

だってこんなクラウス、かっこよすぎて、しばらく慣れそうにない。

「俺のこと、意識してくれてる？」

「そ、そんなの、わかりません」

それは本当だった。ティミアは彼のことをやけに意識してしまうのだが、同時に、ずっと妻でいられることを嬉しく感じている。

彼の妻だからがんばりたいと、彼を守りたいという思いから、先日ティミアは自分の命のことも考えず〝大地食い〟に果敢にも立ち向かった。

でも、それが愛とか恋とか言われると、よくわからない。

この世界でティミアは六歳だし、前世では恋とは無縁だった。

「はは、今にも目をぐるぐる回しそうだな」

クラウスが噴き出す。

「ひ、ひどい、私を笑っているんですか？」

「かわいいなと思っただけだよ」

「ぴぇっ」

今度は、もっと変な声が出てしまった。

「いや、すまない。君は六歳だったな。わかってる。ゆっくり進めていこう。君が成人するまであと二年から四年は時間がある」

「ク、クラウス、どうしちゃったんですか？」

「どうもしてない。気づいたら恋に落ちてた。好きになることに年齢は関係ないのだと悟った。これだけはわかっていて欲しい」

クラウスが、ずいっと綺麗な顔を寄せてくる。

「俺がこの前、妻は『君だけがいい』と言ったのは、本気だ。俺はあの時、本気で十年待つつもりで言った。ティミア、君が好きだからだ」

呼吸が止まりそうになった。

クラウスは、とても優しく微笑んでいた。その顔は意識を失う前にティミアが見た時の、剣を振り回していた騎士伯爵とは違う。

目の前にいる人は、軍服を着た一人の伯爵様だった。

「ティミアは、俺のこと好きか？　俺と結婚生活を続けるのは嫌？」

「……ゆっくり進めていくと言ったのに、ずるいです」

「難しいことはゆっくり知っていけばいい。君が六歳から急に成長したばかりであるのは配慮している。今は、人としての好き嫌いでもかまわないから」

彼の声は、こんなに優しかっただろうか。

上目遣いに彼を見つめ返していたティミアは、握られている指先をもじもじとさせ、気づいた時には口を開いていた。

「クラウスのことは好き、です……じゃなかったら、ずっとここにいられること、喜んだりしていません。この前もあなたを守りたいと、あなたが守っているものを一緒に守りたいと、必死だったんです」

「そうか」

今はそれだけでいいらしい。クラウスはあっさり手を放した。

なんだか少し物足りない思いで自分の手を見下ろしたティミアは、不意に引き寄せられて悲鳴が出た。

――ぽすんっ。

なぜか、クラウスの上に座らされた。

「はい？」

ティミアは頭に大量の疑問符が浮かんだ。

クラウスは質問に答えないどころか、満足そうに、にこっと笑いかけ、言ってくる。

「さ、ひとまず休憩にしよう。領地内への説明もいろいろとある。今のうちに休んでおかないと」

彼は、こんなふうに笑う人だっただろうか？

（なんかこう、弟みたいに不器用な感じの人だった印象が……）

クラウスがポケットを探った。

「ほら、菓子は好きだっただろう。はい、あーん」

彼が取り出したのは小さな容器で、そこから出たのは砂糖菓子だ。

（この姿勢でそれをするの⁉）

彼には甘やかしが加わっていたのを思い出した。

しかも、それが悪化している。激甘だ。

（食べさせるのって幼女枠までじゃない？　私、中身は二十代だから恥ずかしいんですけど⁉

うぅっ、でも急に子供の振りをやめたら変かも……っ）

ティミアは葛藤した末、姿だけ急に成長してしまった六歳の女の子を演じるほうに結論が出た。

「あー……ン」

どきどきしながら口を開け、クラウスに口の中へ砂糖菓子を入れてもらう。

ころん、と口の中に入ってきた砂糖菓子は、気のせいか自分で食べる時よりも甘ったるく感じた。

（無理。二十代の私が心の中で悲鳴を上げているわ）

これ一度きりにしていただきたい。それはしっかりとクラウスに伝えよう。

「……あの、クラウス？」

「ん？　なんだ？」

「見た目が幼女ではなくなったので、少しは手加減していただけると助かります」

口の中で砂糖菓子を転がしつつ、上目遣いで軽く睨んで彼に言った。

そんなティミアの表情を目にした彼が、何か含みのある目つきをし、口の下を指でなぞる。

「うーん、幼女ではなくなったせいで加減できそうになくなっているから、我慢して欲しいかな」

「え？　我慢？」

「つまりは、俺はこういうことをするのはやめないので、六歳の君は素直に受け入れて欲しいということだ」

彼はいったい何を言っているのか。

「な、なんでですか、嫌ですよ」

「妖精みたいな姿を皆の前で晒しただろう。別の男に取られやしないかと心配で、独り占めしたくてたまらなくてなぁ」

何やら独り言みたいにため息交じりで言いながら、クラウスにぎゅっと抱きしめられた。

ティミアは心臓が口から飛び出しそうになった。

「もちろん、あと数年は待つが――共に成長するのが楽しみだな」

いったい、どういう意味の『楽しみ』なのだろう。

その時、ティミアの頬にちゅっとやわらかな感触がした。

クラウスの顔がとても近くまで迫っていて、彼にキスをされたのだと理解するのは早かった。

だが理解した次の瞬間、ティミアは頭の中が沸騰していた。

「……あ、甘々は反則ですうううう！」

そんなティミアの声は、部屋の外まで響き渡っていたらしい。

あとで、屋敷の者たちも騎士たちも幸せそうな笑い声を響かせていたと、やって来たネリィに聞かされてティミアは悶絶することになるのだった。

了

あとがき

百門一新《ももかどいっしん》です。このたびは多くの素敵な作品の中から、本作をお手に取ってくださいまして誠にありがとうございます！

久しぶりにベリーズファンタジー様から新作を出させていただけることとなりました！

初めての幼女ものでございます！「転生」「幼女」「ファンタジー」……いつか私も書いてみたいっ、と思っておりましたので、このたびこうして初めての転生×幼女ヒロインを執筆できたことをとても嬉しく思っております。

ティミアの可愛さ、そして私が好きでたびたび作品に入れさせていただいている人間同士の関わりやそれぞれの思い、時にはうるっとするシーンも盛りだくさんの小説となりました。

いつか書いてみたいと頭にはあったのですが、まさか実現することとなり——。

幼女が主人公の物語を、初めてこうして形にして、皆様にお届けできることとなりました。めちゃくちゃ緊張しております。

小さなティミアの物語をお楽しみいただけていたら嬉しいです！

私、初めてのテーマを執筆する際も「えーっ、めちゃくちゃ楽しみ！」という気持ちでいっぱいになります。

今回の『幼いティミアの物語』も、数時間夢中になってパソコンと向き合い、気づいたらプロットが仕上がっており、どきどきして担当様に提出した思い出があります。

振り返りますと、執筆もあっという間だった気がします。

それくらいティミアたちを見守るのが楽しかったからでしょう。改稿も校正もとっても楽しかったです。

かわいい幼女のお話を執筆できて嬉しかったです。

クラウスも大好きで、ネタバレになってしまうのでぼかしますが、寝ているティミアを眺め続けていた彼を想像して、執筆しながらほっこりしておりました。

このたびイラストをご担当くださいました蒼《あお》先生！　素敵なクラウスとティミアを本当にありがとうございました！

表紙の二人も本当に最高でシチュエーションにももだえ、そしてたくさん拝見できたかわいいティミアとかっこいいクラウスに胸きゅんです！

そしてこのたびも担当編集者様、担当様には大変お世話になりました！

「先生の幼女が楽しみ！」

とおっしゃっていただき、そして原稿をブラッシュアップしている間も楽しんでいただけてとても嬉しかったです！　編集部の皆様、デザイナー様、本作の完成や、そして販売などたくさんの皆様に支えられました、本当にありがとうございました！

この作品で出会えた読者様にも、愛を込めて。

百門一新《ももかどいっしん》

六歳の王女ですが、嫌われ竜騎士に嫁ぐことになりました
～兄姉に虐げられた末っ子が、過保護に愛でられ幸せになるまで～

2024年12月5日　初版第1刷発行

著　者　百門一新

© Isshin Momokado 2024

発行人　菊地修一

発行所　スターツ出版株式会社

〒104-0031　東京都中央区京橋1-3-1　八重洲口大栄ビル7F
TEL　03-6202-0386　(出版マーケティンググループ)
TEL　050-5538-5679（書店様向けご注文専用ダイヤル）
URL　https://starts-pub.jp/

印刷所　大日本印刷株式会社

ISBN　978-4-8137-9396-0　C0093　Printed in Japan

この物語はフィクションです。
実在の人物、団体等とは一切関係がありません。
※乱丁・落丁などの不良品はお取替えいたします。
　上記出版マーケティンググループまでお問い合わせください。
※本書を無断で複写することは、著作権法により禁じられています。
※定価はカバーに記載されています。

[百門一新先生へのファンレター宛先]
〒104-0031　東京都中央区京橋1-3-1　八重洲口大栄ビル7F
スターツ出版(株)　書籍編集部気付　百門一新先生

BF Sweet
ベリーズファンタジー
スイート

ベリーズファンタジースイート人気シリーズ

4巻 2025年5月 発売決定！

定価:1430円（本体1300円＋税10%） ※予定価格
※発売日・価格は予告なく変更となる場合がございます。

恋愛ファンタジーレーベル

好評発売中!!

毎月5日発売

定価:1430円(本体1300円+税10%)　ISBN 978-4-8137-9226-0

BF Sweet
ベリーズファンタジー
スイート

ワクキュン！　心ときめく
ベリーズファンタジースイート

定価:1430円（本体1300円＋税10%）　ISBN 978-4-8137-9225-3

BF
ベリーズファンタジー
スイート
ベリーズファンタジースイート人気シリーズ
1・2巻 好評発売中！

定価:1375円（本体1250円＋税10%） ISBN 978-4-8137-9288-8
※価格、ISBNは1巻のものです

BF ベリーズファンタジー
大人気シリーズ好評発売中！

ねこねこ幼女の愛情ごはん
～異世界でもふもふ達に料理を作ります！6～

1～6巻

葉月クロル・著　Shabon・イラスト

新人トリマー・エリナは帰宅中、車にひかれてしまう。人生詰んだ…はずが、なぜか狼に保護されていて⁉　どうやらエリナが大好きなもふもふだらけの世界に転移した模様。しかも自分も猫耳幼女になっていたので、周囲の甘やかしが止まらない…！　おいしい料理を作りながら過保護な狼と、もふり・もふられスローライフを満喫します！シリーズ好評発売中！

BF
毎月5日発売
Twitter
@berrysfantasy

ベリーズ文庫

ベリーズ文庫の異世界ファンタジー人気作

Berry's fantasy
ベリーズファンタジー
にて

コ×ミ×カ×ラ×イ×ズ×好×評×連×載×中×！

しあわせ食堂の異世界ご飯 ①〜⑥

ぷにちゃん

イラスト　雲屋ゆきお

定価 682 円
(本体 620 円+税 10%)

平凡な日本食でお料理革命!?
皇帝の胃袋がっしり掴みます！

料理が得意な平凡女子が、突然王女・アリアに転生!?　ひょんなことからお料理スキルを生かし、崖っぷちの『しあわせ食堂』のシェフとして働くことに。「何これ、うますぎる！」──アリアが作る日本食は人々の胃袋をがっしり掴み、食堂は瞬く間に行列のできる人気店へ。そこにお忍びで冷酷な皇帝がやってきて、求愛宣言されてしまい…!?

ISBN：978-4-8137-0528-4　※価格、ISBN は 1 巻のものです